T0113026

Soy Milena de Praga

MONIKA ZGUSTOVA

Soy Milena de Praga

Galaxia Gutenberg

La autora agradece haber podido contar con una ayuda del Institut Ramon Llull
y con la estancia en la residencia de escritores Art Omi en Nueva York,
esencial para la redacción de esta obra.

Publicado por
Galaxia Gutenberg, S. L.
Av. Diagonal, 361, 2.º 1.ª
08037-Barcelona
info@galaxiagutenberg.com
www.galaxiagutenberg.com

Primera edición: febrero de 2024

© Monika Zgustova, 2024
© Galaxia Gutenberg, S. L., 2024

Preimpresión: Maria Garcia
Impresión y encuadernación: Romanyà-Valls
Sant Joan Baptista, 35, La Torre de Claramunt-Barcelona
Depósito legal: B 51-2024
ISBN: 978-84-19738-66-0

Cualquier forma de reproducción, distribución, comunicación pública
o transformación de esta obra sólo puede realizarse con la autorización
de sus titulares, aparte de las excepciones previstas por la ley. Diríjase a CEDRO
(Centro Español de Derechos Reprográficos) si necesita fotocopiar o escanear
fragmentos de esta obra (www.conlicencia.com; 91 702 19 70 / 93 272 04 45)

La niebla

Más allá de las ventanillas del coche la nieve húmeda y una niebla gris se extienden sobre el paisaje blanco. Estamos a mediados de noviembre. Escucho distraída a mi amiga, que me habla de un proyecto artístico en el que está trabajando: se trata de las mujeres en los campos de concentración.

Desde que subimos al coche en Berlín, estoy inmersa en mi propio mundo, en el que el tiempo no se mide por horas ni por minutos. El tiempo se parece más bien a un frágil jarrón de cristal que se llena lentamente de sensaciones auditivas, experiencias de la naturaleza o la arquitectura, emociones del momento. En esto pienso cuando la artista y yo bajamos del coche delante del edificio con el letrero «Memorial de Ravensbrück» y luego cuando nos dirigimos hacia el lago donde los patos nadan tranquilamente, como si en su fondo no se hallaran los restos de miles de cadáveres de mujeres. Atravesamos la puerta, como las que vi en Auschwitz y en Terezín. Mi amiga desaparece con su cámara en uno de los barracones para fotografiar la mazmorra del campo donde las SS enviaban a las prisioneras más rebeldes. Me quedo fuera y atravieso la vasta extensión donde se encontraban los barracones, de los que hoy solo quedan unos pocos. Aquí vivían las prisioneras. ¿También medían el tiempo por las emociones y las vivencias que caían en el jarrón de cristal del tiempo transcurrido?

Camino imaginándome los barracones donde, hacia el final de la guerra, cientos de mujeres malvivían en una sola habitación. Estoy casi al final; un muro gris con alambre de espino se cierne frente a mí. El yeso se desprende del muro que separaba a las prisioneras de la libertad. Aquí debió de ser donde Margarete Buber-Neumann conoció a Milena Jesenská. Esta estrechó la mano de Margarete: «Soy Milena de Praga». Así se presentaba. Praga era su identidad, más que su apellido. Las dos mujeres se pusieron a hablar y Milena actuó como si no fuera una convicta en un campo de concentración bajo vigilancia constante, sino una mujer libre en un bulevar, que se dirigía con su amiga a un café. Así conservaba su humanidad.

Avanzo a lo largo del muro e imagino ese callejón entre los barracones que conocieron tanto horror y tanta miseria que llenarían todo el lago que se extiende allí cerca, pero aun entre la barbarie estas mujeres sin duda encontraron algunos breves instantes de paz y tal vez, incluso, de felicidad.

Como en un ensueño, de repente veo que algo ha empezado a moverse sobre el muro, al fondo, con sus restos de nieve. Son figuras humanas, o más bien sombras. Sombras de mujeres. Llevan uniformes de presidiarias. Se pierden en la niebla, esas siluetas que flotan justo por encima del suelo, todas de color gris perla y translúcidas. Son ellas, las mujeres encarceladas, las que trabajaban aquí e hicieron de todo el horror su propia vida; aquí conocieron la amistad y el odio, el deseo y la repulsión. Caminan una detrás de otra y una al lado de otra, como caminaban hace ochenta años tras incorporarse al campo, tras su trabajo forzado, con la cabeza gacha, encorvadas.

Sin embargo, allí veo a una que camina erguida. Ella también flota, ligera como un pañuelo de seda. Es la única que me mira, y en la luz nacarada de su delicado rostro percibo interés. Ahora la sombra erguida se separa de las demás y se gira en mi dirección.

Lenta y ágilmente, la alta figura se abre paso hacia mí. Sus brillantes ojos de color azul grisáceo, enmarcados por las pestañas negras, brillan en la bruma. Se acerca y, ya a mi lado, me toma de la mano.

–Soy Milena de Praga –me dice en voz baja.

Y cuenta su historia.

I

La extranjera

Finalmente, no puedo soportarlo más y meto la mano en el joyero. Mis dedos palpan unas perlas..., un collar..., unos broches, unos anillos... Una voz me advierte de que está mal, la otra me susurra que siempre me había apropiado de cuanto había querido, ya fueran unas ramas de lilas que arrancaba en los parques de Praga o unos billetes que extraía de la caja registradora del consultorio médico de mi padre. La posibilidad de tener lo que deseaba me proporcionaba una sensación de libertad.

Pero aquí, en Viena, no tengo nada. O casi nada. Y no solo en lo material. Intento olvidar que mi marido se ha hartado de mí y por eso se entrega a tantas y tantas aventuras con mujeres cultas, elegantes, refinadas.

Las joyas tienen un tacto sedoso y frío. ¿Cuál debo llevarme?

Ante mis ojos pasa la silueta de dos, a veces tres, jovencitas, que medio andan, medio bailan por la avenida Příkopy de Praga con trajes que estilizan aún más sus esbeltas figuras de estudiantes de diecisiete años. En la floristería, cada una elegía una flor o un ramito y la rubia, o sea yo, lo pagaba todo. Se preguntaban a quién regalarían los ramos, y entonces, riendo, irrumpían en un local con un cartel que rezaba «Café Arco», lleno de señores con trajes oscuros y corbatas o pajaritas, algunos de pie con bombines en la entrada de la cafetería...

Nos sentamos un rato, repartimos las flores a desconocidos que no dejaban de maravillarse y salimos emocionadas del Arco, dejando atrás una ola de asombro y de murmullos sobre las estudiantes de Minerva: Chicas de Minerva, me ponéis de los nervios, decían los desconocidos mientras sorbían coñac, vino y café turco.

Sigo palpando las joyas con los dedos, pero no me atrevo a abrir el joyero del todo y mirar dentro, porque eso me haría sentir como una ladrona que ejerce su oficio con deliberación, mientras que meter la mano en una caja y sacar algo de ella al azar es excusable desde cualquier punto de vista. La pareja de actores que me ha contratado como su ama de llaves no está en casa. La señora se ha ido a ensayar, el señor está de gira por Austria con *El avaro*, de Molière.

No lo pienso más, agarro un puñado de joyas y en un santiamén saco la mano del joyero. Con la otra mano me echo el abrigo por encima, agarro el bolso, tan estropeado que me da vergüenza, y salgo corriendo a la calle. Vendo las joyas sin mirarlas y, con la cartera llena, me apresuro a entrar en la gran tienda de la moda Neumann, en la Kärntnerstrasse, delante de la Ópera. Me encantan esos grandes almacenes *art nouveau*, en parte porque su arquitecto es mi admirado Otto Wagner, pero sobre todo porque siempre que paseo por esa calle miro las esculturas que adornan la parte superior del edificio, las preciosas ninfas y angelitos que se secan después de un baño y se miran en el espejo.

El dinero me quema en el bolsillo. En Neumann me cambio de pies a cabeza, me pongo ropa interior de encaje, medias de seda caladas, zapatos de tacón ancho, un vestido ligero como una tela de araña con una falda como los pétalos de una flor, un abrigo y un sombrero; los guantes y el bolso son de la piel más suave que encuentro.

Entonces salgo a la calle. Tiro al cubo de la basura la ropa vieja, el bolso raído y los zapatos destrozados. Mujeres y hombres me miran y yo brillo, y no solo yo, todo a mi alrededor reluce. Por el camino, me hago cortar el pelo al estilo japonés, a la altura de la barbilla, con un flequillo. Giorgio, además, me delinea los ojos con lápiz negro. Y ahora, ¡venga, al café Herrenhof!, allí donde mi marido Ernst estará sentado, como cada tarde, rodeado de su horda de admiradores y sobre todo admiradoras. Tengo que elegir: bajar por la ancha avenida del Ring y atravesar el Volksgarten, o dar un rodeo por las calles del casco antiguo. Opto por lo segundo, las calles vienesas me recuerdan a Praga y con ella, a tiempos mejores.

Intento imaginarme los comentarios de Ernst sobre mi nuevo modelito; tal vez ni siquiera reconocerá a esa Cenicienta convertida en baronesa de veintitrés años en el baile. Nunca dejo de pensar en Ernst, ese célebre crítico literario al que temían todos los escritores praguenses, pero también los vieneses y los alemanes.

Nos conocimos en un café, no podía ser de otra manera. A mi compañera de estudios, Staša, la invitó al Montmartre su amigo, el periodista y escritor Egon Erwin Kisch, y ambos me animaron a que me uniera a ellos. Kisch se sentó entre Staša y yo, era él quien había reunido a toda la compañía para leernos lo que había escrito sobre el café de Montmartre antes de que se publicara su libro. Pedí un chocolate caliente, bien espeso. Kisch tomaba ya su segundo coñac para armarse de valor, porque, según me confesó, tenía delante al crítico más exigente de Praga.

Era un hombre de la edad de Kisch, unos diez años mayor que Staša y yo; creo que ya me lo habían presentado en el café Arco. Hablaba en voz baja y algo ronca sobre los poetas contemporáneos y captaba plenamente la atención de todos los presentes. Lanzaba miradas irritadas a Staša, porque por encima del hombro de Kisch, mi amiga me estaba contando un chiste que no terminaba nunca, y del que ella se reía a carcajadas antes de concluir. Yo me preguntaba cómo aquel hombre, que susurraba como si tuviera las cuerdas vocales inflamadas, podía cautivar con sus sosas tesis a aquella docena de personas.

Excepto a Staša, claro.

Entonces el hombre alargó la mano hacia su taza para beber un sorbo. Kisch aprovechó la pausa para presentarnos, y el hombre, que se llamaba Ernst Polak, me dijo que me conocía de vista, de sus paseos por la avenida Příkopy y los cafés. Luego guardó silencio y me observó mientras vertía el chocolate espeso de la tetera en mi taza. Me observaba con tanta atención que acabé manchando el mármol claro.

–¿Le apetece? –le dije, riendo para romper la tensión.

–Sí, me apetece mucho –contestó en un susurro, como si estuviéramos los dos solos en la mesa–. En una cuchara –añadió.

Llené una cucharada de chocolate, parecía que iba a desbordarse en cualquier momento, y la apoyé en la palma de la mano mientras la llevaba al otro lado de la mesa. El hombre acercó la cabeza y los labios. Se llevó firmemente la cuchara a la boca y dejó que yo sostuviera el otro extremo. Saboreó la condensada bebida como si fuera lo mejor que jamás hubiera probado, sin apartar de mí sus ojos oscuros que brillaban con unos reflejos dorados. Después de unos largos segundos –Kisch, mientras tanto, había empezado a leer su texto– entrecerró los ojos y soltó lentamente de la boca la cuchara que yo seguía sosteniendo. Parecía como si las lámparas del café se hubieran apagado. Al cabo de un rato volvió a abrir los ojos y buscó mi mirada. Llenó una cuchara de su café con nata montada y la acercó lentamente a mis labios hasta introducirla en la boca. El trago fue agridulce y me pareció estar saboreando a ese hombre.

Dulzura y amargura se fundieron sobre mi lengua.

Aquel fue nuestro primer beso.

¡Cómo se enfadó mi padre! Siempre había sido un patriota y en secreto deseaba que yo hubiera elegido a alguien cuya lengua materna fuera el checo; alegaba que ya estaba harto del alemán, la lengua del imperio. Así que me envió a veranear en el hotel Špičák, en la sierra de Šumava. Pero Ernst, a pesar de que le gustaba pasar su tiempo libre en los cafés con otros literatos, bien alejado de la naturaleza, se alojó en otro hotel de montaña cercano y pasábamos todo el tiempo juntos. Por la noche nos visitábamos en su habitación o en la mía, y por la mañana los huéspedes del hotel se escandalizaban al ver nuestra ropa arrugada, las melenas despeinadas y las caras resplandecientes. Algunos estaban tan indignados que interrumpían su estancia y se marchaban. Sin embargo, el hotelero no me echó del Špičák porque mi padre era uno de sus mejores clientes.

El patriotismo de mi padre me exasperaba. Polak me atraía, entre otras cosas, porque su lengua materna era el alemán, aunque juntos habláramos en checo. Ernst era completamente diferente a todos los que yo había tratado. Antes de conocerlo, estaba convencida de que solo me atraían las chicas; las había preferido a los chicos, a esos niñatos y mamarrachos, como los llamábamos con grandes risas con mis amigas. Y luego surgió este hombre, sutil y displicente, frágil y fuerte, cruel y tierno, pero sobre todo incomprensible y ambiguo. Destacaba por su hermoso alemán y checo, su melena negra y su voz grave y gutural, capaz de llamar la atención mejor que los gritos.

Quedé embarazada.

Decidí abortar.

En eso mi padre sí que me apoyó, y lo más importante: me infundió fuerzas para dar el paso y me lo facilitó. Para que me pudiera restablecer me envió a un sanatorio psiquiátrico, en el castillo barroco de Dientzenhofer, en Veleslavín, rodeado de amplios jardines.

Mi padre esperaba que para entonces me hubiera cansado de Ernst Polak. Pero calculó mal. Tal vez le hubiera hecho caso a mi madre, la habría consultado como a una amiga, pero mi madre me faltaba desde que tenía trece años. Solo podía hablar con mis amigas; eran las únicas en las que confiaba. Sin embargo, mis queridas Staša y Jarmila eran tan alborotadoras e irreflexivas como yo.

Sentía un vacío sin fondo por mi madre, que me dejaba peinar su larga melena todos los días. Vivíamos en la calle Ovocná y mi madre solía llevarme a pasear a lo largo del río Moldava y a Žofín. Le pedía que subiéramos al monte Petřín, pero su salud no se lo permitía. A veces me sorprendía en casa bailando y deslizándome por el suelo de madera abrillantada de nuestro enorme apartamento, y entonces se unía a mí, pero no aguantaba mucho tiempo, se ahogaba. Un día me regaló una bolita de cristal con efecto arco iris.

–Cuando estés triste o enferma, mira dentro: hay un mundo de belleza cambiante encerrado en ella, y yo te estaré esperando allí.

Y finalmente se apagó como una vela.

Tras la muerte de mi madre, mi padre se volvió ensimismado e introvertido. Solo meses más tarde buscó compañía y se acostumbró a salir por la noche.

En aquella época me enamoré de mi profesora de checo: le escribí varias cartas y ella me contestó, pero no llegamos a nada, así que me incliné por mis amigas de Minerva y, más tarde, por las de la universidad. Mi padre, guapo y admirado en sociedad, un médico y profesor universitario célebre incluso fuera de Austria-Hungría, me colmaba de dinero para poder descansar de mí y disfrutar de su tiempo libre. Y como yo conseguía los billetes con tanta facilidad, los tiraba a manos llenas.

Solo los fines de semana se los dedicaba a mi padre: salíamos de excursión y caminábamos hasta cuarenta kilómetros con sus amistades.

Estoy flotando por la elegante Kärtnerstrasse hacia la catedral de San Esteban. Me detengo ante el largo espejo de una perfumería y no me reconozco: ¡esta joven vestida con un gusto exquisito no es la torpe Milena vienesa! ¿Qué dirá mi marido que ya se ha cansado de mí? Era tan diferente en Praga, ese Ernst de los labios suaves, los ojos soñadores, el cuerpo flexible de un hombre sedentario. Y también con un apartamento repleto de estanterías de libros... Íbamos a conciertos de música clásica al Rudolfinum, al Nuevo Teatro Alemán y a veces al Teatro Nacional, a fiestas literarias y a inauguraciones de exposiciones. Esa era mi escuela; los profesores universitarios no podían atraerme con sus teorías, yo solo quería aprender de Ernst.

Aparte de deslizarme alegremente por Praga, durante las horas que Ernst trabajaba en el banco me gustaba rodearme de libros y diccionarios, y me tomaba en serio mis clases de francés e inglés. El alemán me lo prohibía mi padre porque lo consideraba la lengua del enemigo. Sin embargo, Bohemia pertenecía al Imperio austrohúngaro, y en las calles se oía mucho alemán, así como yidis y otras lenguas del imperio; había tres teatros alemanes en Praga y varias librerías, periódicos y revistas alemanas. Soñaba con ser traductora, pero mis propósitos nunca duraban mucho. Después de estudiar en Minerva, la universidad no me supo seducir; ni medicina, ni música.

Cuando estaba en el sanatorio de Veleslavín, Ernst solía venir a verme, y caminábamos juntos por los senderos del parque a escondidas, para que las enfermeras no nos vieran, porque se lo soplarían a mi padre y yo, al volver, tendría en casa un infierno.

Ernst dirigió una carta a mi padre donde le solicitaba una cita para pedir mi mano. Sin embargo, mi padre le humilló al rechazar su petición; no tenía intención alguna de verle y así se lo escribió. En realidad, no rechazaba a Polak por ser un judío que hablaba alemán además del checo. Mi padre se había informado sobre él y se enteró de que era un conocido mujeriego. Así que ni siquiera su trabajo bien remunerado en uno de los bancos principales del país le ayudó. Esto me recuerda a aquella vez que Staša y yo irrumpimos en su banco riéndonos para regalarle flores. Pero nos encontramos con caras de rechazo y Ernst parecía aterrorizado. Así que Staša se llevó aquellos lirios a casa.

Mientras tanto, hice lo que pude para consolar a Ernst tras el rechazo de mi padre. Toqué Schubert y Schumann, Beethoven y Smetana al piano para él. Le compré la obra completa de Balzac encuadernada en la piel más fina, llené de flores su apartamento, del que tenía las llaves. Pero Ernst era muy sensible a los olores y tiraba mis flores a la basura. Sus colonias francesas, ni los perfumes parisinos de sus amigas íntimas, sin embargo, no entraban en la categoría de olores molestos.

3

Una noche, durante la cena, mi padre refunfuñó:

–Cásate con él, pues, si no quieres hacerme caso. Es tu vida y puedes estropeártela según te dé la gana.

–¿Cómo, papá? No me digas que has claudicado.

Mi padre fijó su mirada en el plato.

Yo me reí.

–No te queda otra opción, ¿verdad?

–Mira, pequeña, conoces mi opinión sobre Polak y sabes muy bien que tu matrimonio con él no me hace feliz. Y no se trata de mí, sino de tu felicidad. Si te casas con él, será un matrimonio fallido y después de mucho sufrimiento por tu parte, un día os divorciaréis. De todos modos, he llegado a la conclusión de que tienes que probarlo por ti misma. Pero...

–Pero ¿qué? –pregunté, esperanzada, aunque incrédula.

–Pero entonces, si tienes que beberte esa copa de decepción hasta el fondo, no quiero verlo con mis propios ojos.

Miré a mi padre: ¿Qué quería decir?

–Si te casas con él, no quiero tenerte en Praga.

–¡Sí que me casaré con él, no lo dudes ni un segundo!

–Entonces que Polak se busque la vida en otra parte. Y tú también. Te graduaste en la excelente Minerva, luego no terminaste la carrera de música ni de medicina, pero aun así tienes estudios. No los desperdicies. Te irás a Viena.

–¡A Viena! –exclamé emocionada.

–No te hagas ilusiones. Es una ciudad empobrecida por la guerra.

–Oh, la guerra –dije, recordando que había una guerra y que muchos de mis amigos habían tenido que alistarse. Pero el frente estaba tan lejos que no interfería en mi vida y rara vez pensaba en esa guerra.

Mi padre continuó:

–Recibirás de mí dinero suficiente para empezar. Pero aun así tendrás que ingeniártelas; Viena es prohibitivamente cara después de más de cuatro años de guerra. Y ahora hay un porcentaje desproporcionado de mujeres. Los hombres están en el frente o muertos. Viena se ha convertido en una ciudad de gloria pasada. Quién les inculcó esa absurda idea de la guerra...

–Pero sigue siendo la capital del Imperio austrohúngaro.

–Si el imperio resiste. La situación es grave. No sabes lo que daría por que el imperio se desmoronara.

4

Después de una pequeña boda en Praga, el 16 de marzo de 1918, partimos en un compartimento privado en un tren nocturno.

Llegamos a Viena por la mañana.

–Me voy, Milena –me dijo Ernst, todavía en el andén–. Tengo algo que hacer. Ocúpate del equipaje lo mejor que puedas.

¿Era una pesadilla?

–¡Ernst! ¿De verdad vas a dejarme plantada en el andén con tantas maletas?

—Ya te he dicho que tengo algo.

—¿Una cita amorosa?

—Sí. Y no hagas más preguntas, ya sabes que los inquisidores no me gustan.

—Pero ¿qué tengo que hacer? ¿Adónde voy?

—Afróntalo tú sola, eres adulta. No quiero que mi mujer dependa de mí. Métete eso entre ceja y ceja, Milena.

Y se fue.

Me quedé allí de piedra, yo que había esperado algo grande de la vida en Viena. Después de una noche de caricias en un compartimento privado, ¿mi marido recién estrenado era capaz de abandonarme en el andén? ¿Por qué se había casado conmigo? ¿Quién era?

Tenía razón, yo era adulta. Tenía veintiún años, la mayoría de edad en el Imperio austrohúngaro.

Al cabo de un rato, le vi zigzaguear entre la multitud del andén y me alegré de ver que había cambiado de opinión y volvía. Percibí su melena negra, sus movimientos de leopardo mientras se acercaba a mí, pero luego pasó de largo. No era él.

¿O sí, y quería ver cómo afrontaría el reto? ¿Quería verme en mi humillación?

¿Es posible que se encontrara con una mujer y me dejara sola en la estación la primera mañana después de nuestra boda?

Más tarde la conocí, a esa rubia mediocre. Una mujer vulgar.

Casi me entró el pánico mientras esperaba un milagro en el andén. Más tarde me alojé en un hotel que encontré delante de la estación.

Ernst no tenía la intención de dejarme. Al llamarle desde el hotel al teléfono que me dio vino a verme aquella noche como si no hubiera pasado nada. Entendí que quería prepararme desde el primer momento para lo que estaba por venir.

Nos mudamos por poco tiempo a una habitación amueblada y luego a nuestro apartamento en la Lerchenfelderstrasse, en el barrio de Neubau, entre los distritos de Mariahilf y Josefstadt. A Ernst le gustó que hubiera una parada de tranvía justo delante. Lo que más me llamó la atención de la fachada de nuestro edificio fue la puerta con motivos florales modernistas de metal. Incluso su color gris verdoso me pareció bello. Pensé que, en caso de apuro, aquellos tallos delgados pero firmes de flores forjadas a mano serían mi apoyo.

5

Cuando Ernst y yo nos mudamos a la Lerchenfelderstrasse, me dijo:

—Yo ocuparé la mitad del piso que tiene ventanas que dan a la calle principal, por donde pasan los tranvías.

—¿Qué quieres decir? —susurré con preocupación.

Me daba cuenta de que no me abandonaba esa expresión suplicante, algo nuevo en mí: ¿Qué más me vas a hacer? ¿De qué manera me vas a hacer daño ahora?

—¿Qué quiero decir? Bueno, simplemente que cada uno tendrá su propio aposento, como un rey y una reina.

Me hablaba como a una niña pequeña, como a una tonta. Intenté sonreír para ocultar mi sorpresa, pero sé que la angustia no desapareció de mis ojos.

Ernst prosiguió:

—Si no te importa, pondré en mis habitaciones los muebles que nos dieron como dote.

—Que mi padre me dio a mí como dote.

—Oh, bueno, la formulación no importa. A ti ese estilo te desagrada.

Los pesados muebles de madera oscura pulida realmente no eran de mi gusto, pero apropiárselos así...

A pesar de todo, asentí con la cabeza.

—Como quieras. Yo me compraré otros nuevos.

Ernst se encogió de hombros. No era algo que le entusiasmase; me conocía bien y era consciente de que yo no iba a ahorrar ni a comprar barato.

Y yo sabía que después de que cerraran los cafés, en la parte del piso donde se había instalado Ernst habría tertulias literarias hasta el amanecer y más de una cita secreta. Mientras, yo, preocupada, desesperada, husmearía para descubrir a qué mujer había traído mi marido aquella noche a nuestra casa.

Me lo prohibí.

Y me ordené a mí misma seguir el espíritu de los tiempos.

En el 113 de la Lerchenfelderstrasse entendí que había quedado atrás la época en que Ernst corría detrás de mí a todas partes, cuando causábamos escándalo en el hotel de montaña, Špičák, porque no podíamos estar el uno sin el otro. En Praga yo era la hija de un célebre profesor y médico, una joven culta y guapa, de una de las mejores familias de Praga. En Viena nadie me conocía y mi alemán dejaba mucho que desear. Sin embargo, yo no quería admitir que el tiempo en que Ernst se desvivía por mí había pasado irrevocablemente y hacía todo lo posible por mantener vivo el sueño de que la relación seguía como antes. Por eso aceptaba todas las condiciones que Ernst me imponía. Intentaba mandarme mensajes positivos a mí misma: vivía en un matrimonio moderno, abierto y no debía convertirme en una esposa convencional, una que sueña con el hogar tradicional.

Ser moderna: ese pensamiento me persiguió desde aquel momento y gracias a él me corregía constantemente en mis declaraciones, mi comportamiento, la elección de las palabras, mi preferencia por los amigos que frecuentaba y los libros que leía. Para aclarármelo a mí misma, escribí una reflexión sobre ese tema:

Hay un nuevo tipo de mujer, realmente moderna y hermosa, que es trabajadora, autosuficiente, firme y valiente, que puede ser compañera, amiga y ayudante de un hombre, y que puede vivir de su propio sueldo, de su empleo. Que no teme ni se asusta ante ningún trabajo, que permanece detrás del mostrador en el banco o delante de una máquina en una fábrica con la misma paciencia y capacidad de esfuerzo durante todo el día que los hombres, que mira tranquilamente a la vida a los ojos y no busca ningún invernadero artificial.

Con ello intentaba convencerme de que todo estaba bien en mi matrimonio y en mi vida.

6

Era octubre de 1918. Austria-Hungría se había derrumbado y se había establecido una Checoslovaquia independiente. De repente me sentí en mi sitio como nunca antes y en el café Herrenhof dejé claro con toda tranquilidad que yo no pertenecía a Viena, que aquel no era mi ambiente y que tenía mi propio mundo, el cual nadie entendía, y por eso no dejaba entrar a nadie en él. Con los escritores praguenses Franz Werfel y Egon Erwin Kisch, nos sumábamos a las manifestaciones que buscaban la completa desintegración de Austria. Durante unos días, los praguenses en Viena nos convertimos en revolucionarios.

Un día paseaba por la calle con mi amiga vienesa Gina Kaus. Hacía un día soleado y templado, Gina se quitó el sombrero y el viento despeinó su corto pelo negro. Intenté ocultarle mi alegría por la desaparición del Imperio austrohúngaro. Pero Gina me dijo:

—Conmigo no tienes que esconder nada. No me importan las nacionalidades. Quiero vivir en un Estado cuya constitución me satisfaga, y tanto me da si es un país grande o pequeño.

—A tu país nunca lo han oprimido —dije, e inmediatamente pensé que no entendía de dónde sacaba las ideas que tanto me molestaban de mi padre y sus excursionistas dominicales.

Gina murmuró algo en respuesta, de lo que solo pude captar las palabras *böhmischer Patriotismus*. Contrariada, le pedí que no usara el término «bohemio» sino «checo». Mi amiga intelectual reaccionó de forma enérgica:

–*Leck mich am Arsch* –me dijo.

Me mandó a un sitio y se fue.

7

Llegó el invierno. Había pobreza y hambre y frío en Viena. Por aquel entonces me ofrecieron escribir columnas en el periódico praguense *Tribuna*. Mejor dicho, una amiga de Minerva, Jaruška, me ayudó a conseguir el puesto, porque apenas podíamos pagar el alquiler y a menudo no quedaba dinero para la comida. Necesitaba ganar dinero como fuera. Con gran abnegación y escasa confianza en mí misma empecé a escribir columnas no solo para *Tribuna* sino también para otros periódicos de Praga. En las primeras describí la situación en Viena:

> No hay combustible, ni carbón, ni leña. Los trenes no circulan en todo el país, las fábricas tienen que detener su maquinaria a cada minuto, las tiendas cierran a las cinco, una lámpara de carburo arde en los restaurantes y cafés a partir de las ocho. Se amenaza con cortar la electricidad para uso privado y hay que encender las velas, que escasean. No hay con qué calentarse, ni con qué cocinar. Miles de personas van cada día al bosque a buscar leña y traen trozos de árboles húmedos, que literalmente hierven en la estufa sin emitir calor.

Fue entonces cuando empecé a apreciar los cafés. Solíamos ir al café Central y al café Herrenhof, uno a tiro de piedra del otro. Esas cafeterías se convirtieron en un refugio para escritores, entre los que brillaba Ernst. En una época en la que no había nada que comer, ni calefacción, ni mudas de ropa, los cafés se convirtieron en el hogar de la comunidad bohemia pobre. En un café se escribía, se corregían las galeradas, se conversaba. Todas las peleas familiares tenían lugar en el café y en el café se lloraba y se lamentaba la vida deteriorada y devastada.

Llegué a formar parte de esa comunidad de cafés y eso me alegraba. Pero nunca me acostumbré del todo, no encajaba. Me apetecía estar sola. Escribí una columna en la que decía que «la persona creativa está sola, la que no lo es busca distracciones, entretenimiento: las tertulias literarias solo aparentan ser creativas. Y así como una enfermedad se contagia, lo mismo ocurre con el ambiente intelectual, y los que una vez caen en la indolencia de los cafés rara vez salen adelante».

El aguijón de mi crítica iba dirigido esencialmente contra Ernst Polak.

Aunque él nunca leyó mis artículos. Los conocía y, despectivo, se encogía de hombros.

8

Pero ahora me precipito al café Herrenhof con un vestido nuevo que no me he ganado. Y con él quiero deslumbrar a Ernst.

Sí, sobre todo a Ernst. Pero también deseo acallar a todos esos escritores burlones, no fuera que alguien volviera a decir, como Franz Blei en el café Central:

–Mira a Milena, tiene pinta de siete tomos de Dostoievski.

E incluso tiene cara de personaje de Dostoievski.

No quiero poner una cara extraña sino ser simpática, amistosa y amable, además de desenfadada, juguetona y despreocupada.

Nunca más debía mirar a Ernst con súplica, ni tampoco, Dios no lo quisiera, con reproche en los ojos.

Ernst vivía en su parte del apartamento: en habitaciones oscuras, sin ventilación, llenas de humo de cigarrillo y olor a colillas, libros polvorientos, grabados amarillentos y viejas alfombras persas apolilladas. Corría las persianas y las cortinas. Así que solo la tenue luz amarillenta de las lámparas de mesa alumbraba sus habitaciones. La vivienda de Ernst y la mía contrastaban en todos los sentidos. Yo hice pintar las paredes de blanco y había comprado muebles claros según los últimos modelos de la *Sezession* vienesa. Nunca me faltaban las flores, y cuando no había dinero para comprarlas, por la noche las arrancaba en el pequeño parque delante de mi ventana. Sobre la mesa, donde guardaba mis cuadernos, libros y diccionarios, en mi rincón íntimo, coloqué la bolita irisada que me había regalado mi madre. Mi habitación tenía bonitas vistas a un pequeño parque con una iglesia; me parecía vivir en un pueblo tranquilo.

La generosa dote de mi padre se había esfumado por completo tras la compra de los muebles. Después vivíamos del sueldo de Ernst, o más bien él vivía de su sueldo; mi marido nunca me dio un chelín. En Viena, el banco sí le subió el sueldo en comparación con Praga, pero el país estaba sumido en la inflación y la pobreza de la posguerra.

Me apresuro al café Herrenhof y reflexiono sobre cómo se ha derrumbado mi vida después de trasladarme a Viena. En Praga yo era una joven admirada que coqueteaba a cada paso y se entregaba a relaciones eróticas con chicas y hombres, decoraba su habitación con flores de las floristerías más conocidas, era caprichosa y no miraba atrás. Simplemente, era una personalidad.

En Viena, no soy nadie. No sé qué camino tomar. No tengo un piano para tocar. Tuve la idea de tocar el piano en los cafés, pero Ernst me lo prohibió: ¿No te da vergüenza?

La ropa nueva debe tapar todas esas carencias. Mis artículos no pueden cubrirlas, porque se publican en periódicos de Praga que ninguno de mis amigos vieneses lee, y aunque los leyeran, no se los tomarían en serio.

Un día a mediados de noviembre, nos decidimos por el café Central, con sus arcos, columnas y frescos neorrenacentistas, con su dignidad feudal austrohúngara, aunque en realidad, cuando el café se construyó, este estilo era como un puñetazo en el ojo del convencional estilo Biedermeier. Era un Renacimiento de oropel, menos brillante y más polvoriento después de la guerra, como si las batallas se hubieran librado en el propio café.

Cuando entré, Gina escribía atentamente a lápiz en un cuaderno; decía que estaba intentando redactar una novela. Me senté a su lado, pedí un café y saqué varios periódicos austriacos y extranjeros de las estanterías de la cafetería: traían informes diarios de los nuevos Estados que, tras la guerra, habían surgido como flores de las ruinas del Imperio austrohúngaro. No sabía si la independencia sería beneficiosa para esos Estados, pero no me cansaba de leer los artículos. Gina escribía y no permitía que la molestasen, los demás entraban en largas pausas unos tras otros y se sentaban a nuestra mesa.

Aquel día vino la deslumbrante exmodelo de los pintores, Ea von Allesch y el elegante Hermann Broch, que vacilaba entre la fábrica textil de la que era copropietario y su pasión por la literatura; Hermann, que a menudo me observaba cuando creía que no lo veía. Y también había venido el amistoso Franz Carl Heimito von Doderer, una rareza de amabilidad en los cafés vieneses.

Entonces llegó Xaver conde Schaffgotsch, un intelectual de izquierdas, y me preguntó delante de todos mi opinión sobre la creación de Checoslovaquia, sobre su presidente Tomáš Masaryk y sobre la unión de checos y eslovacos. Empecé a explicarme, pero entonces entró Ernst, repasó con la mirada a todos los reunidos, omitiéndome a mí y, con una media sonrisa sarcástica, se concentró en las fotografías de la pared.

Cuando me oyó hablar de la redacción de la Constitución por parte de Masaryk, se sentó en una silla de espaldas a mí y se puso a leer un periódico. Tartamudeé, avergonzada de mi alemán y, sobre todo, del desprecio de mi marido. Schaffgotsch y los demás me instaron a continuar, pero yo ya no tenía interés en seguir hablando.

—Milena es muda —dijo alguien a mi espalda.

—Se quedó muda cuando entró Ernst —respondió una voz de mujer; debía de ser Ea.

—Milena, ¿qué estás leyendo ahora mismo? —preguntó Heimito rápidamente y en voz alta para tapar esas palabras, casi ahogándose con el humo de su cigarrillo al hacerlo.

—Dostoievski. Y cuando estoy relajada, también a Nietzsche —solté.

—Por eso tiene cara de la obra completa de Dostoievski —repitió Schaffgotsch la broma sarcástica del otro día.

Ea estuvo a punto de estallar de la risa, pero al ver la reacción general, carraspeó y dio un sorbo a su café. Porque nadie sonrió siquiera.

—Un chiste repetido no es un chiste —pronunció su veredicto Gina.

Miré por la ventana. Lloviznaba. Tuve ganas de salir corriendo y caminar largo rato en el viento.

—Por eso, Milena, puedes desenvolverte en este ambiente nuestro de café: el ambiente del descoyuntamiento buscado y del abismo intelectual —dijo Heimito en un intento de ayudarme.

Yo no entendía muy bien eso del abismo intelectual, pero no quise preguntar, no fuera que pareciera una ignorante delante de esta selecta compañía, y especialmente delante de Ernst. Así que, tras un momento de silencio, me encogí de hombros.

—No lo sé.

Miré por la ventana como si la calle fuera mi salvación. Ahora, en la calle Herrengasse, la gente abría los paraguas.

–Sí, Milena, Heimito tiene razón, te mueves como pez en el agua en la cansada reticencia que cultivamos en los cafés –intervino Ea.

¿Se estaba burlando de mí? Desde el principio me molestaba esa cansada reticencia, como lo expresó Ea.

–Eso de ningún modo. Milena tiene una relación directa y sencilla con la vida. Y en eso es completamente diferente a nosotros –dijo Gina de mí, como si yo no estuviera presente.

–Hum, ella es diferente, sí. Nosotros somos complicados –sonrió Heimito, lanzando bocanadas de humo al aire.

–Milena contrasta con nosotros porque es positiva –volvió a señalar Gina. Saboreó su chocolate caliente y se lamió el labio superior como un gato.

–Tiene una actitud positiva ante la vida.

Hermann Broch dijo esto, en un susurro, pensativo. ¿Por qué? ¿Ser positivo es algo de lo que avergonzarse? ¿O querría él ser así? Me habría extrañado que tuviera una mala opinión de mí, porque Hermann me caía bien; me resultaba más simpático que los demás, con su raya recta en el pelo castaño y su sonrisa sincera, que intentaba disimular dando caladas a su pipa.

Karl Kraus, que acababa de incorporarse, se unió a los demás.

–Milena es excéntrica, en el sentido de que se parece a todos nosotros. Pero no está atrofiada, no tiene que enmascarar ningún complejo fingiendo como tú, Polak. Míralo, Polak finge leer los periódicos y simula que le importamos un bledo, por eso se sienta de espaldas a nosotros, pero tengo claro que es solo una pose y que lo escucha todo con atención.

–¿Y tus complejos qué, Karl? –le devolvió la pelota Polak perezosamente, sin volverse hacia nosotros.

–Supongo que yo también los enmascaro –continuó Karl–. Y puede que todos lo hagamos. Excepto Milena.

–¿Milena no los enmascara? –dijo Schaffgotsch con un bostezo y yo no estaba segura de si era una pregunta o una afirmación.

–Milena no los tiene.

Karl Kraus, conocido por su sarcasmo, me dejó perpleja. Se alisaba el flequillo con los dedos, así que no pude verle la cara. Quizá eso formaba parte de su camuflaje. Ya no sabía qué pensar: ¿me estaban criticando? ¿O me estaban alabando? No, el café solo admiraba las bromas sarcásticas. Sin duda, era una burla.

En ese momento, un hombre estaba guardando su paraguas en un compartimento del perchero, luego sacudió cuidadosamente las gotas de lluvia de su abrigo y se lo entregó al camarero junto con su sombrero y sus guantes para que lo llevara todo al guardarropa. Era Robert Musil, que rara vez venía con nosotros. Se sentó a nuestra mesa en la silla contigua a la de Gina. Yo miraba a Karl Kraus, que sorbía su café, aunque obviamente estaba a punto de seguir conversando conmigo, pero no dejaba de ser consciente de la conversación de Gina y Robert. Sobre todo porque Robert había olvidado quién era yo y se lo había preguntado sutilmente a Gina. Ella le contestó en un susurro, pero oí la mayor parte, porque Gina hablaba con su taza de chocolate más que con Musil:

–Un día vino con nosotros un tal Ernst Polak, el que ahora está sentado de espaldas, ya lo conoces, y trajo a su joven esposa, no exactamente una belleza, pero sí una jovencita guapa, tímida y asustadiza como un animalito del bosque. En aquella época apenas hablaba alemán. Esa es por la que me preguntas: Milena. Ella y Polak conocen a la *crème de la crème* de los escritores e intelectuales de Praga. ¿Cómo dices? Sí, escritores en alemán, claro, ¿es que hay otra forma de escribir en Praga? –se rio a carcajadas–. ¿Y Polak? Bueno, Polak no me causó ninguna impresión especial al principio, es bajito y poco llamativo a primera vista. Pero en cuanto empezó a hablar, nos dejó a todos boquiabiertos. Tiene una fluidez que hace que sea imposible alejarse de él. Y ese es también el caso de Milena, que es su... bueno, no quiero decir esclava, pero no puede distanciarse de él. No me gustaría enamorarme de un hombre como

Ernst. Cuando tiene poder sobre ti, puede abusar de él; es un hechicero. Y Milena –Gina hablaba ahora más alto, para que Musil la oyera por encima de todas las demás voces–, bueno, Milena traduce a Franz Kafka, de Praga, no sé si...

–Sí, estuvimos en casa de Kafka un domingo por la mañana, en el apartamento de sus padres en la plaza de la Ciudad Vieja. Allí nos leyó algo extraordinario, sobre la transformación de un hombre en insecto, y nos reímos como locos –dijo Franz Werfel, bajito, fornido y vivaracho, que pasaba por nuestra mesa, pero se dirigía a otra. Y me guiñó un ojo como un conspirador, para mostrarme nuestra alianza como praguenses.

Ernst asintió, él también había estado en casa de Kafka. Recordé que me había invitado a la lectura, pero me daba pereza abandonar mi cálida cama un domingo por la mañana, aunque la plaza de la Ciudad Vieja estaba cerca de nuestra casa. Oh, esa Milena de Praga estaba tan maravillosamente mimada, sonreí y decidí que tenía que leer ese cuento sobre la transformación de un hombre de negocios en insecto, porque en Viena yo también me había transformado de chica prodigio en insecto.

Pero Karl Kraus se volvió de nuevo hacia mí y su voz sonora, acostumbrada a dar conferencias y hacer declaraciones retóricas, resonó en el café, ahogando toda conversación:

–Milena, y no os lo pregunto al resto de vosotros porque lo sé, ¿qué es más importante para ti: dos horas vividas o dos páginas acabadas de tu manuscrito? Porque tengo claro que tú también escribes, aunque no discursees sobre ello como el resto de nosotros.

Así prosiguió Kraus, pasándose de nuevo los dedos por el flequillo corto y recto que le proporcionaba un aspecto aniñado. Le contesté sin rodeos:

–Dos horas, vividas de cualquier manera, me aportan más que un manuscrito. Aunque no escriba literatura, la traduzco.

–*Unsere Freundin* Milena traduce al checo, una importante lengua mundial –bromeó Schaffgotsch.

Ea le guiñó un ojo de forma conspiradora y se puso a pintarse los labios de un color tan oscuro que parecían negros.

Yo esperaba el sarcasmo más bien de Karl. Pero él se limitó a limpiarse las gafas con un pañuelo.

–*Ach so*, de modo que dos horas vividas de cualquier manera –murmuró para sí.

Al cabo de un rato, Hermann Broch rompió el silencio general:

–Verás, Karl, no todo el mundo es como tú, ni como nosotros. Para Milena, el intelecto forma parte de la vida. Para nosotros, es su sustituto.

–¿Y la literatura, qué? Es un placer estético para todos nosotros, ¿verdad, Robert? –intervino Gina, acariciándose los labios con la larga punta del cigarrillo y mirándome.

Musil se encogió de hombros. Sorbía su café y acababa de recoger el periódico que yo había dejado sobre la mesa cuando Schaffgotsch me preguntó por Masaryk.

–Qué miedo, las cosas que ocurren en Rusia... –murmuró.

Nos observamos. Le dije que me había gustado mucho su novela *Las tribulaciones del estudiante Törless*.

–¿Por qué? –sonrió encantado.

–Porque la educación militar del joven Törless me recordó a mi infancia sin madre, con un padre autoritario. Y aquí en Viena, separada de todo lo familiar, también me identifico con su sufrimiento.

–Me gusta Franz Kafka. ¿Qué ha traducido de él?

–Estoy traduciendo *El fogonero*.

Musil me miró atentamente y estaba a punto de decir algo cuando la voz de Gina nos interrumpió:

–Te he preguntado, Milena, qué es para ti la literatura. Seguro que te fijas más en la trama que nosotros, estilistas y estetas.

¿Por qué incluso Gina tenía que torturarme? ¿No era mi amiga?

–¿De verdad me lo estás preguntando? –dije con cansancio y me volví hacia ella; noté los restos de chocolate caliente en sus labios; hasta eso le quedaba bien–. Lo sabes, ¿verdad, Gina? Lo hemos hablado muchas veces. Para mí, la literatura es una forma de conocer la existencia, al hombre. Y conocerme a mí misma –dije con demasiada sinceridad, quizá.

Todos se miraron y parecieron reprimir la risa.

–Conocer el alma rusa, eso es lo que quería Dostoievski –espetó Schaffgotsch–. *Ruskaya dusha!*

–¿Es posible conocer la existencia, al hombre? ¿Y es necesario? –dijo Gina con una voz en la que se adivinaba el tedio, el sopor.

–Sí, lo es. Comprender a una persona, conocer su naturaleza, conocer diferentes tipos de gente y su comportamiento y psicología en diferentes situaciones es algo esencial –repetí, sintiéndome como un miembro de una tribu nómada e iletrada ante un sofisticado jurado académico.

–Oh, esas almas eslavas –repitió Schaffgotsch su sonsonete, con gran gusto.

–Deberías ser colaboradora de Freud –dijo Musil con gravedad.

–Traduzco para él, y a veces incluso hago de intérprete –respondí, contenta de tener algo de lo que presumir.

Musil iba a decir algo, pero en ese momento oí que el joven conde Schaffgotsch, con el pelo como los ángeles de los cuadros renacentistas que cuelgan en el Museo de Historia del Arte, en el Ring, le decía a Gina desde su rincón:

–Milena es de Praga y su alemán deja mucho que desear, es imposible discutir con ella, eso está claro. Pero mírala, qué guapa es con ese pelo rubio ceniza que vuela alrededor de su cara, y qué fresca y original. Creo que me he enamorado –sonrió y bebió un sorbo de oporto.

–Tienes razón, su alemán es espeluznante –intervino Gina, de nuevo como si yo no estuviera allí y hablaran de una tercera persona–. Pero se me ocurre que no es tanto el idioma como el tono, la entonación. Y las expresiones. Ella tiene una forma de expresarse diferente a la nuestra, su vocabulario es sencillo y directo.

De repente tuve claro que el efebo Schaffgotsch y Gina, parecida a un chico adolescente, estaban flirteando. El hecho de que hablaran de mí no era más que una tapadera para su coqueteo.

–Mmm... Es terrible, la guerra civil en Rusia –murmuró Musil, con los ojos fijos en la página del periódico.

Gina tomó aire para añadir a su tema:

–El ingenio a toda costa: esa es nuestra deidad, a la que Milena no rinde culto.

El conde rubio le sonrió.

–Sí, es tan... sana.

Muchos sonrieron (incluso Broch, Musil y Heimito von Doderer), otros se quedaron pensativos al principio, luego apareció una mueca sarcástica en sus labios (Ernst), y varios estallaron en carcajadas (Gina, Schaffgotsch, Kraus y Ea).

Comprendí que para ellos yo era una provinciana. Un pelele, un hazmerreír. Y ansié volver a Praga.

Pero entonces oí la voz de Ernst.

–Separáis la vida y la literatura... ¿por qué? Todo es literatura.

–Mmm... y sobre todo tú, Ernst, no eres más que literatura –dijo Karl Kraus con voz nasal y oscura, caricaturizando a Ernst.

Todos se rieron. Aquello me hizo feliz: no se burlaban solo de mí.

Ernst continuó como si no hubiera oído ni a Kraus ni las risas. Seguía de espaldas a nosotros, pero todos estábamos en silencio, no queríamos perdernos ni una palabra de lo que decía.

–*Wieviel wird einem klar* –dijo pensativo, casi en un susurro–, cuánto se aclara uno cuando ya ha pasado por ello, cuando ya lo ha vivido. Al fin y al cabo, todo es literatura, incluso yo. Uno no vive, solo ha vivido. Así se lo escribí a un amigo en una carta: «Uno no vive, solo ha vivido».

–¿Quién fue el autor de esa carta? –preguntó Ea, que volvía a la mesa y se secaba las manos en la falda.

–Ernst, claro, qué pregunta –dijo cáusticamente Karl.

Los demás sorbieron su café en silencio, pensativos.

Todos estábamos pendientes de los labios de Ernst.

Él volvió a sumergirse en la lectura del periódico. No le importaban nuestras opiniones.

Y yo tenía claro que nunca encontraría el valor para dejarle. Sería una pérdida demasiado grande.

10

Para ganar algo de dinero y relacionarme con otras personas que no fueran la pandilla de Ernst, como la llamaba, aunque sabía que incluía a excelentes escritores, puse un anuncio en el periódico: Profesora de checo, nativa checa, busca alumnos. Recibí muchas respuestas. Recorría las calles y tomaba los tranvías para ver a los estudiantes que me habían respondido. La enseñanza se me daba bien y la disfruté.

Uno de los amigos del café, Hermann Broch, también se presentó, pero resultó que aprender checo no era más que un pretexto que ocultaba otro deseo.

Mantuvimos nuestros encuentros en secreto, yo de Ernst, Hermann de su mujer, pero Ernst se enteró de nuestra relación. Un día, después de que cerraran los cafés, llegó a casa solo y entró en mi parte de la vivienda. Nos sentamos en mi sofá blanco. Ernst se frotaba las manos, yo miraba por la ventana hacia la oscuridad.

—Ese Broch no te conviene, Milena, es un industrial —me dijo sin preámbulos.

—¿Un industrial? —repetí cansada.

—Bueno, copropietario de una fábrica.

Pero yo ya sabía dónde pisaba. Su casa era todo papeles, pilas de cuadernos de apuntes y libros subrayados con comentarios. A veces me leía sus relatos manuscritos; otras veces, notas mecanografiadas sobre una trilogía que estaba a punto de escribir.

No respondí a Ernst.

–¿Estoy en lo cierto? –continuó.

Me encogí de hombros, fingiendo que no sabía de qué hablaba. Pero él no se dejó intimidar.

–Y sabes que está casado y tiene hijos. No querrás empezar un romance con un hombre que tiene familia.

Como si tú no fueras a empezar un romance con ninguna mujer porque tiene esposo, pensé, y volví a encogerme de hombros con silencioso desinterés.

–Y, además, tiene una amante.

Permanecí en silencio. No era nada nuevo. Quise cambiar de conversación, pero Ernst continuó lo que había empezado:

–Es Ea von Allesch, la modelo que solía posar desnuda. Hermann te engaña a cada paso. Eso no puede resultarte indiferente.

Sabía mucho de la vida de Hermann porque era amable y extrovertido. Después de cada encuentro con él, me sentía como una planta a la que habían regado. Miré a Ernst, lívido de ira, aunque no lo demostrara bajo su máscara de indiferencia. Seguí mirando, hastiada, la ventana oscura. Una ventana es una apertura por la que a uno le gustaría escapar. Y yo estaba realmente agotada, pero Ernst no iba a soltarme de sus garras. Durante toda la noche analizó mi relación con Hermann. En el sofá, Ernst tumbado a lo ancho y a lo largo, y yo, cada vez más retirada en mi rinconcito. Siguió diseccionándolo todo mientras yo bostezaba y, agotada, hacía lo posible para no quedarme dormida.

Hasta la madrugada no me soltó. Cuando se fue, bajé la persiana y me acosté.

Al día siguiente habló con Hermann. Estaban juntos fuera del café, fumando nerviosamente y frunciendo el ceño. Al día siguiente recibí una carta de Hermann diciéndome que Ernst le había pedido que rompiera conmigo.

En el fondo me alegraba de que Ernst se preocupara por mí, de que no quisiera compartirme, de que tal vez me amara.

¿O era simplemente que su vanidad no podía aceptar el hecho de que su mujer hiciera lo mismo que él? ¿De que él no fuera mi único dios?

Después de este incidente, empecé a pensar en lo que es el matrimonio y en lo que puede y debe esperarse de él. A veces me parecía que todos los matrimonios modernos eran infelices (como si los menos modernos fueran felices). Lo escribí:

> En el momento en que dos personas se casan y piensan que lo hacen para ser felices juntas, en ese instante ya han bloqueado el camino hacia la felicidad. Casarse para ser feliz es tan egoísta como casarse por dos millones. Dos personas solo pueden tener una razón para casarse, y es que no pueden vivir el uno sin el otro. Sin todo lo romántico, lo sentimental, lo trágico.

Me sentaba a escribir todos los días para desprenderme de esa sensación de inutilidad y para aclarar lo que realmente pensaba.

11

Mientras me apresuro con mi ropa nueva por el Kohlmarkt hacia el café Herrenhof, pienso que solo tenía una protectora en la casa donde vivíamos: la portera, la señora Koller. No era poco lo que teníamos en común. Las dos éramos extranjeras, la portera era húngara. Todos esos años que viví en Viena, la que tantas veces maldije, ella fue mi consuelo. Maldije esa ciudad que era mi malvada madrastra. Ansiaba conquistarla, pero cuando la intentaba morder, me rompía los dientes en ella.

La señora Koller era la única con la que podía contar. Fue a través de ella como Hermann y yo concertamos nuestras citas.

Por enésima vez, Ernst inventó una excusa y se marchó quién sabe adónde, con quién o por cuánto tiempo. Entonces ya no pude más y me vino la idea de envenenarme. Permanecí largo rato medio inconsciente en el piso vacío. Me desperté con una fuerte sacudida, con la que la señora Koller me devolvió a la vida. En las brumas de mi mente nadaba ante mí un rostro lloroso y redondo como una medusa de mar, medio disuelto en agua, y unas manos que apestaban a queroseno me metían en la boca una gran albóndiga redonda que ella había cocinado para mí con la idea de paliar mi añoranza de las albóndigas checas con las que yo siempre soñaba. Esto duró hasta que tuve fuerzas para vomitar. Luego supe que la señora Koller subió tres plantas para ofrecerme la albóndiga. Juré que nunca volvería a envenenarme. No por miedo a la muerte, solía bromear, sino por terror a nuevas albóndigas de la señora Koller.

Finalmente, Ernst regresó. Me dejaba cuando quería. Y también volvía cuando le daba la gana. Incluso sus ausencias más discretas me resultaban angustiosas.

12

Con mi ropa nueva, camino deprisa hacia el café Herrenhof, donde Ernst se sienta todas las tardes con sus parroquianos habituales. Mientras dejo atrás los lúgubres palacios de la Herrengasse, aunque temo que en cualquier momento me pare la policía y me arreste, sigo percibiendo que me miran mujeres y hombres. Algunos incluso se dan la vuelta para contemplar mi vestido sencillo, sin adornos, que se ve bajo el abrigo desabrochado, otros admiran el sombrero y los zapatos sencillos que me hacen flotar por la calle y dejan boquiabiertos a los transeúntes.

La sencillez, ese es mi objetivo, me repito, y también la moderación, esa cualidad complicada y la virtud más exigente, porque viene de la mano de la confianza en una misma. Resuelvo escribir un artículo sobre ello, y mientras camino por el casco antiguo ya se va componiendo en mi cabeza:

Por naturaleza nadie tiene confianza, la confianza se conquista, es algo hermoso, meritorio y redentor, e incluye sobre todo una apreciación consciente y correcta de todos los valores. La adquieren las personas que han aprendido a perder sin desesperar.

Me apresuro, toda nueva y metamorfoseada, a entrar en el café, con la cabeza dándome vueltas mientras la gente me lanza miradas y varios jóvenes arrojan frases de admiración como flores a mis pies. No estoy acostumbrada a esto últimamente: me solía sentir pesada, apagada y suplicante, sobre todo en presencia de Ernst. Y sé, en el fondo de mi mente, que tarde o temprano se sabrá que he robado.

Entrego mi abrigo nuevo al empleado del guardarropa. Me siento solemne al entrar en el salón neorrenacentista del café. Rápidamente dirijo la mirada a nuestra mesa de clientes habituales. Ninguno de ellos se ha percatado de mi llegada. En cambio, los hombres y las mujeres sentados a las mesas de mármol cercanas a la entrada se giran en mi dirección y, poco a poco, la mayoría de las cabezas del café se vuelven hacia mí como girasoles en flor hacia el sol.

En nuestra mesa todos se concentran en algo que dice Ernst; mi marido gesticula con fuerza, pone los ojos en blanco y se sacude la melena. Pero bajo la influencia de la conmoción general, incluso las cabezas de nuestra mesa empiezan a girarse en mi dirección. Se me quedan mirando como si me vieran por primera vez. Solo Ernst está claramente irritado porque mi llegada le ha restado interés. Sin embargo, toda la atención que me han prestado en la calle y en el café aumenta mi confianza. Ernst, que normalmente reacciona como si yo estuviera hecha de aire, esta vez se levanta y me saluda, se acerca a mí, me besa la mano y me abraza posesivamente por la cintura. Cosa que nunca le vi hacer conmigo en mucho tiempo.

13

Pero al final pagué caro ese instante de satisfacción. La pareja de actores para la que trabajaba me denunció a la policía y unos meses más tarde me tuve que presentar al juicio. Tenía miedo, sobre todo de la vergüenza. Sin embargo, mis amigos del café conocían a un hábil abogado que me recomendaron.

En el juicio, cuando me preguntaron por qué lo había hecho, dije la verdad:

—Quería comprarme un vestido nuevo.

—¿Y tuvo que robar para eso?

—No tenía suficiente dinero.

—¿Y por qué necesitaba un vestido nuevo?

—Sufría una crisis erótica.

Esa afirmación escandalizó a algunos, divirtió a otros. Pero vivíamos en una época en la que la sociedad vienesa leía a Freud con respeto y mi declaración funcionó.

Me libré con una multa y unos días de cárcel. Solo esperaba que la vergüenza no llegara a oídos de mi padre.

Mis amigos me comprendieron y me disculparon, a sus ojos no había perdido nada. Al contrario, lo que había ocurrido me hizo destacar, me convirtió en alguien extraño, notable, fuera de lo común. Gina y los demás llegaron a ser más conscientes que antes de mi sufrimiento por las infidelidades de Ernst, se compadecían de mí y me cuidaban como si estuviera enferma.

14

Un día Ernst llegó a casa blandiendo en la mano una carta, con grandes aspavientos. Enseguida vi que era de Franz, con la dirección de la señora Koller; yo había recomendado a mi nuevo amigo que me escribiera no solo al apartado de correos, sino a veces también a nuestra portera.

Ernst me entregó el sobre con una sonrisa sardónica.

–Parece que el joven Kafka tiene una aventura con nuestra portera.

II

La traductora

Y llegó una mañana en que decidí abandonar para siempre nuestro apartamento de la Lerchenfelderstrasse.

Preparé una pequeña maleta con lo imprescindible. No dediqué ni un momento a recordar mi vida con Ernst. Simplemente me levanté temprano, me bañé, desayuné y me vestí.

Luego llamé a la puerta.

–Pasa –dijo.

Me adentré en la oscuridad llena de humo. Subí la persiana y abrí la ventana. El cristal de una ventana del otro lado de la calle reflejaba el verdoso amanecer. Mi marido se preparaba para salir a trabajar. Solo podía ver su sombra, una figura oscura en la penumbra de su habitación. Y adiviné su imponente perfil, incluso la onda gris de su espesa melena de pelo negro.

–Me alegro de que hayas venido. No he pegado ojo en toda la noche.

–¿Por qué? –pregunté por educación, aunque ya no me preocupaba.

–He decidido dejar mi trabajo en el banco, prejubilarme y empezar a estudiar filosofía y literatura. Escribiré críticas y ensayos literarios con regularidad. Tengo treinta y ocho años y ya es hora de que me dedique plenamente a la literatura.

–Sí, Ernst, es una idea excelente. La apruebo.

Noté sus arrugas, sus ojeras. Ernst estaba envejeciendo. Pero incluso la madurez le sentaba bien.

Se giró hacia mí.

–Pero tendremos aún menos dinero que hasta ahora. ¿Lo aceptarás?

–Yo no cuento. Me voy.

–Está bien, vete pues. Hablaremos de ello más tarde. Me alegro de que estés de mi parte.

–Bueno, quiero decir, Ernst...

–No importa, Milena, hablaremos de ello en otro momento.

–Debo decirte algo. Me marcho a Praga.

–Hablamos de mudarnos a París. No me gusta mucho la idea de Praga, como sabes. Praga es el pasado para los dos.

–Para mí no lo es. Nunca dejó de ser mi ciudad.

–No hablas en serio.

–Hablo absolutamente en serio.

–¿Y qué hay en Praga que no tengas aquí? –dijo, con la cabeza ligeramente ladeada mientras se anudaba la corbata–. Excepto Franz Kafka, claro –no olvidó su típico sarcasmo.

Siempre parecía tan seguro de sí mismo.

No me miró, preparaba su cartera para ir al banco.

Excepto Franz Kafka... Como si los tres años y medio que Franz y yo llevábamos sin cartearnos con regularidad y viéndonos solo esporádicamente no hubieran existido. Y Ernst lo sabía.

–Kafka está en Viena.

–Vaya, vaya –dijo irónicamente.

–Está en un sanatorio, apenas le dan esperanzas.

Ernst no reaccionó; estaba concentrado en revisar unos papeles.

–Además, necesito Praga –volví al tema anterior– con sus cafés, su checo, alemán y yidis.

–Pero todo eso también lo tienes en Viena. ¿Por qué mudarte a Praga por eso?

Miré por la ventana, mi salvación, mi vía de escape. El verde amanecer en la ventana de enfrente adquiría un tono dorado que prometía un hermoso día de primavera. Las lilas del parque frente a la iglesia ya estaban brotando.

–Ernst, ¿es posible que no lo entiendas? ¿Ni siquiera quieres intentarlo?

–Cada loco con su tema, y tú con tu cantinela de siempre, que no te entiendo y no lo intento. Si no me lo explicas, ¿cómo voy a entenderlo? –dijo y se metió en el baño, donde se roció con su colonia francesa.

Suspiré. Y reprimí el impulso de mirar el reloj porque la nube de olor parisino se desplazaba ahora desde el cuarto de baño hacia mí.

–Supongo que no habrás oído que aquí no tengo ocasión de hablar checo.

–Hablas checo en casa conmigo, ¿no es suficiente?

–¿Hablamos tanto, Ernst?

–Si no hablamos más es porque no quieres.

–Pero si sabes perfectamente que aquí soy extranjera. Siempre lo seré. Además, me cuesta escribir artículos en un idioma que solo uso en una vida cotidiana bastante trivial.

–¿Y?

–Quiero estar en la fuente.

–Escribir artículos para el periódico –dijo en voz baja, esbozando una sonrisa. Era una mueca, aunque pretendía sonreír. Su sonrisa estaba siempre cerca de una mueca burlona.

Pero incluso eso le quedaba bien.

Luego continuó:

–Y Praga, ahora que se ha convertido en la capital de Checoslovaquia, es más checa que alemana o judía, y eso, a mí, me interesa poco.

–Bien. Entonces iré sola.

–¿Sola? ¿Tú sola?

De nuevo le salió una mueca en vez de sonrisa.

–Sí, esa es mi decisión y debe ser respetada.

–Hablaremos de eso más tarde. No estás siendo amable conmigo, cariño.

–¿Que no? Llevamos tantos años juntos...

Me dieron ganas de decir: Te he soportado durante tantos años... Pero antes de que pudiera decidirme, Ernst puso fin a la conversación:

–Hablaremos esta noche. Ahora tengo que ir al banco.

Y cerró firmemente la tapa de su maletín.

Le besé en su mejilla recién afeitada y perfumada. Aquello era inusual; hacía mucho tiempo que no le besaba cuando se iba. Me atrajo hacia sí y me abrazó. Me acarició los labios con la punta de la lengua para recordarme nuestros placeres privados. Me di cuenta de lo que había soportado por aquellos momentos esporádicos de placer... Tal vez sentiría algo todavía si la colonia francesa no disimulara su olor natural. Me desprendí de sus brazos y salí de la habitación.

Cogí mi maleta y cerré la puerta del apartamento tras de mí. Por última vez.

Bajé las escaleras.

Por última vez abrí la puerta de cristal, la de los barrotes de hierro *art nouveau* con forma de flores pintadas de gris verdoso que siempre había admirado. Cuántas veces había salido y entrado por esa puerta, y con tantas esperanzas...

La puerta se cerró con estrépito a mi espalda.

Estaba en la Lerchenfelderstrasse, era dueña de mí misma y, a los veintisiete años, empezaba una nueva vida.

2

Me alojé unos días en casa de unos amigos de Xaver Schaffgotsch, el «príncipe rojo», como yo le llamaba, que últimamente corría tras de mí. Gina Kaus pensaba que yo le había arrebatado a aquel joven y rico aristócrata con ideas comunistas, aquel efebo rubio y refinado, pero se equivocaba. Cuando su marido se enteró de la relación de su mujer con el príncipe rojo, este puso pies en polvorosa y buscó refugio en mí. Se paseaba por los cafés, con su cabeza dorada girando en todas direcciones. Cuando veía gente que conocía, se dirigía a ellos:

–¿Está Milena por aquí?

»¿Habéis visto a Milena?

»Estoy buscando a Milena, ¿sabéis dónde está?

Todos se reían de él y le apodaron «WoistMilena», «DondeestaMilena».

Pero yo tenía otras preocupaciones más serias que pensar en cómo ahuyentarlo. Para empezar, estaba dejando a un hombre después de ocho años de relación. Como si eso no fuera suficiente, me preparaba para partir cuanto antes a Dresde, adonde me habían invitado unos buenos amigos que acababan de fundar una editorial. Dresde: sería mi parada de camino a Praga. Desde allí intentaría restablecer el contacto con mi padre. Asimismo, había que preparar el divorcio. Mi padre tenía amigos influyentes y me ayudaría... si quería. Y tendría que pensar en cómo me ganaría la vida cuando volviera a Praga.

3

Pero antes de irme tenía otra tarea importante por delante. Kafka estaba en un sanatorio cerca de Viena y en ningún caso me iría de la ciudad sin visitarlo.

El tren me llevó hacia el norte, a lo largo del Danubio, hasta la estación de Heiligenstadt. Allí pasé un buen rato en una floristería eligiendo entre margaritas, lirios, tulipanes y claveles, hasta que me decidí por rosas y lilas. Luego subí al autobús. Era un día cálido y soleado de finales de mayo. El viaje en autobús terminó en Klosterneuburg, donde las torres de la abadía medieval se alzaban sobre la ciudad hacia el cielo azul, evocando imágenes del castillo de la novela de Kafka, la que Franz escribió, entre otras cosas sobre nosotros. Desde allí caminé hasta el sanatorio. Un transeúnte me lo confirmó: había una hora de camino hasta Kierling. Afortunadamente, lo había previsto y me había puesto zapatos cómodos. El vestido rojo de seda que había comprado con uno de mis honorarios de traducción me cubría las rodillas a veces, otras veces las dejaba al descubierto, dependiendo de cómo soplara la brisa primaveral que jugaba con los pliegues de mi falda.

Por el camino, me venían al encuentro fragmentos de nuestros sueños y nuestras cartas, los malentendidos y los anhelos. Franz me había entendido como, nadie volvería a comprenderme jamás... porque una comprensión como la suya no era de este mundo.

4

Nos habíamos conocido hacía cuatro años y unos meses, durante una de mis visitas a Praga, en el café Arco. Nos saludamos brevemente; ya que nos habíamos visto antes. Franz estaba sentado a una mesa con Max Brod y otros literatos, vestidos con trajes oscuros, mientras que yo me levantaba para marcharme. Sentí su mirada en mi espalda, y luego me lo confirmó en una de sus primeras cartas que recibí en Viena: Te veo ante mis ojos mientras te alejas entre las mesas, me decía. De hecho, en aquella época todavía nos tratábamos de usted. Me escribió estas palabras: «Caigo en la cuenta de que no recuerdo bien ningún detalle exacto de su cara. Solo cómo se marchó por entre las mesas del café, su figura, su vestido; eso lo veo todavía», así me lo escribió.

Mientras lo recordaba, suspiré hasta que un transeúnte me lanzó una mirada escrutadora, preguntándose si estaba a punto de desmayarme.

Y es que antes había escrito a Franz con el fin de pedirle permiso para publicar su relato *El fogonero*, que yo había traducido al checo. Había acordado la traducción con Stanislav Kostka Neumann, editor de la revista cultural *Kmen*, que estaba interesado en publicar la obra. A través del editor alemán de Kafka, Alexander Wolff, conseguí la dirección del autor en

Merano, donde estaba de vacaciones y en tratamiento por una enfermedad pulmonar.

Kafka me respondió inmediatamente y su primera carta fue una fiesta. Una celebración de nuestra amistad.

Querida Sra. Milena:

Después de dos días y una noche, la lluvia ha cesado, tal vez solo brevemente, pero es un acontecimiento digno de celebración y por eso lo celebro escribiéndole. Al fin y al cabo, la lluvia ha sido soportable, probablemente por encontrarme en el extranjero, aunque no lo es del todo, pero hace bien al corazón. [...]

Me visitan lagartijas y pájaros, parejas desiguales: ¡cómo le recomendaría este Merano! Hace poco me escribió usted que no podía respirar; imagen y sentido están muy cerca en esa palabra y ambos podrían ser un poco más fáciles aquí.

Con mis más cordiales saludos,
Suyo,

FRANZ KAFKA

No se me escapó que buscaba un encuentro. No respondí a su carta ni a la postal que la siguió. Me dio permiso para traducir y publicar su obra, así que ¿para qué serviría más correspondencia?

Sin embargo, en una carta posterior me preguntó si me había ofendido con algo y por eso no le había contestado. Y de nuevo me invitó a Merano. Debo decir que esto me ocurría muy a menudo: en cuanto conocía a alguien, esa persona no podía apartarse de mí. Le escribí sobre la traducción de *El fogonero* y sobre las traducciones de otras obras suyas, le dije que me estaba esmerando para que mis traducciones fueran fieles y bellas a la vez, y que pronto aparecerían en la revista. Y que, por razones familiares y laborales, por el momento no podía alejarme de Viena.

A esto me respondió con otra carta: «Se está esforzando con esta traducción en medio del complejo mundo vienés. De un modo extraño, esto me conmueve y me avergüenza a la vez». Y quiso saber cómo estaban las cosas entre Ernst y yo; me preguntó: «¿Se está a gusto en su casa?».

Me quejé ante él con suavidad. Quería que supiera que efectivamente tenía a alguien, pero que no estaba demasiado contenta. Y me lamenté por mi salud, sobre todo porque a causa de la escasez de comida, sobre todo de comida sana, a causa de las dificultades de la posguerra. Pero también tenía otra razón: de esta manera quería estar más cerca de él, un enfermo. Además, sus cartas me daban la impresión de que le gustaba cuidarme y yo deseaba que alguien me mimara.

En respuesta, él me escribió que su asistenta, una chica seria, cuando vio que tosía sangre, dijo:

«Señor, usted no durará mucho.»

Sobre su enfermedad me dijo:

«Mi cerebro ya no podía soportar la cantidad de preocupaciones y dolores que pesaban sobre él. Y dijo: "Yo ya no puedo más, pero si alguien quiere conservar todo esto, que me quite, por favor, una parte de la carga y todo seguirá bien algún tiempo más. Entonces se presentó el pulmón".»

Y adivinó cómo me encontraba yo:

«Detrás de toda su exquisitez veo una frescura casi campesina, y debo decirle: Usted no está enferma, tal vez haya surgido alguna advertencia, pero no tiene una enfermedad pulmonar.» Y más adelante: «Sin embargo, los que la quieren deberían protegerla y mimarla, pues todo lo demás carece de importancia».

Aquel hombre que apenas me conocía me comprendió: lo único que necesitaba era un poco más de cuidados. Mi madre y mi hermano mayor habían muerto, mi padre no me hablaba, mi marido se dedicaba a otras mujeres. Este joven sensible me cayó del cielo.

Cuando le conté que me ganaba la vida a duras penas con mis clases de checo y que traducía por las noches primero su *Fogonero* y después otras narraciones, me contestó con seriedad y humor:

«Todo lo demás, mañana. No, una cosa todavía: si pierde un solo minuto de sueño traduciendo, será como si me hubiera maldecido. Porque si eso algún día llega ante los tribunales, no se detendrán en ningún largo interrogatorio, sino que simplemente declararán: la privó del sueño. Así seré condenado, y con razón.»

La carta estaba firmada por «Suyo, FranzK». La zeta estaba tan encajada en la ka que al principio lo entendí como «Suyo, Frank». Lo interpreté como que estaba ansioso de que le llamara por ese nombre, y así empecé a escribirle «Querido Frank».

Traducía sus largas narraciones por las noches entre semana, y los domingos tenía todo el día para dedicarme a ello. Solía estar sola en casa; Ernst se quedaba hasta tarde en los cafés. Me sentaba bajo la luz amarilla de la lámpara de mesa, con una taza de té, el tintero y los diccionarios sobre la mesa, y una palabra tras otra, una frase tras otra se deslizaban de mi pluma a mi cuaderno. Y con esas palabras y esos párrafos, sentía que algo se desprendía de mí, que toda la inmundicia acumulada se desvanecía y me llenaba algo nuevo. Aún no sabía qué.

Una especie de verdad, o de pureza.

Casi dejé de frecuentar los cafés, prefería leer o traducir en casa.

A veces iba a un concierto en el Musikverein con mis amigas, o al gallinero del Theater an der Wien, o al cine. Pero lo que más me gustaba era sentarme ante mi cuaderno y buscar la expresión más adecuada. También empecé a escribir con vigor; mis artículos se hicieron más serios y reflexivos.

Vivía para la traducción, todo lo demás me parecía poco, y solo esperaba sentarme por la noche bajo la luz amarilla de la lámpara y dejarme llevar por el insólito mundo de Frank, más verdadero que cualquier otra cosa que hubiera leído. Cuando hube llenado un cuaderno, se lo envié para que me dijera si reconocía su texto en checo. Y añadí la revista *Červen*, donde acababan de publicar mi traducción de *El fogonero*. ¿Y si no estuviera satisfecho?

Llegó su carta. Cuando leí su primera frase sobre mi traducción, temblé:

> *Querida Sra. Milena:*
> *Cuando extraje la revista con la traducción del sobre grande, casi me sentí decepcionado.*

Quise seguir leyendo, pero estaba tan alterada que las letras saltaban ante mis ojos y no entendía nada. Soy una estúpida, una mujer superficial y poco dada a la literatura. Debo parar, he estropeado esta maravillosa obra. Nunca más tendré derecho a ocuparme de algo tan bello y noble.

Tomé un sorbo de agua y me obligué a seguir leyendo:

> *Quería oír algo sobre usted, no esa voz demasiado familiar que proviene de la vieja tumba. ¿Por qué se ha interpuesto entre nosotros? Solo entonces se me ocurrió que ella también estaba mediando entre nosotros. Pero, por lo demás, me cuesta entender que usted asumiera tanto trabajo, y me conmueve profundamente la fidelidad con que lo ha hecho, frase a frase, una fidelidad cuya capacidad, y la hermosa seguridad natural con que la atestigua, no había imaginado posible en la lengua checa. ¿Tan cercanos son el alemán y el checo? Que a usted le guste la narración, por supuesto, le otorga valor.*
> *Claro que entiendo el checo. Es la lengua en la que se educó mi padre en Domažlice. Y ya le he preguntado varias veces por qué no me escribe en checo. No porque no sepa alemán. Suele escribirlo admirablemente. Pero quería leerla en checo porque usted pertenece al checo, porque es allí donde está la Milena entera. La traducción lo confirma.*

Su traducción despierta en mí asombro, casi no hay malenten-
didos, al contrario, en todas partes hay una comprensión cierta y
decisiva. Solo que no sé si la fidelidad, que es lo que más me gusta
en su traducción (no tanto por la historia como por mí mismo) no
se la reprocharán los checos; mi sensibilidad por la lengua checa,
que también la tengo, está plenamente satisfecha, pero hay prejui-
cios en grado sumo. En cualquier caso, si alguien le viene con algún
reproche, trate de equilibrar su hiriente crítica con mi gratitud.

Nunca he vivido en el ambiente de la nación alemana; el ale-
mán es mi lengua materna, y por eso me resulta natural, pero el
checo me parece mucho más cordial, por eso su carta ha desgarra-
do muchas incertidumbres para mí, la veo a usted con más clari-
dad, los movimientos de su cuerpo, de sus manos, tan rápidos, tan
decididos, es casi un encuentro, pero luego, cuando quiero alzar
los ojos hacia su cara, en el curso de la carta –¡qué historia!– salen
llamaradas, y no veo más que fuego.

Aquella tarde preparé el té con mucho placer, encendí la
lámpara de la mesa, abrí el cuaderno recién estrenado y ya
mojé la pluma en el tintero con tinta verde, que luego se iba
deslizando por las páginas, frase a frase, párrafo a párrafo.

5

Una vez le escribí sobre un disgusto que me había acaecido una
noche con nuestro común amigo Franz Werfel. Sabía que Frank
le respetaba como escritor y como persona, pero nuestra compenetración era tan profunda que yo tenía que contarle todo
que pasaba en mi vida.

Había una libertad no tanto erótica y sexual como desbor-
dante, excesiva entre los clientes del café, que se consideraban
a sí mismos los grandes transgresores de las normas socia-
les. Franz Werfel a menudo intentaba unirse a mí en el marco
de ese ambiente. De hecho, me caía bien aquel escritor rollizo,

su barbilla hendida de niño se partía en dos cuando se reía, y no paraba de abrir los ojos desmesuradamente como si no tuviera ojos suficientes para observar el mundo, o como si alguien le estuviera sacando una foto. Más allá de eso, yo también admiraba sus obras, en especial sus relatos y las narraciones largas, tan apasionantes y con la dosis justa de psicología y sociología. Pero a menudo me veía obligada a deshacerme de él. Me asediaba, al igual que a otras mujeres, a pesar de que llevaba varios años manteniendo un romance con Alma Mahler. Se rumoreaba que el hijo de Alma era de Werfel, y por aquel entonces ella se estaba divorciando del arquitecto Walter Gropius.

Una noche en que Werfel me acompañaba a casa, a una de las fiestas de cocaína que organizaba mi marido, a las que yo había dejado de asistir desde que tenía mi satisfacción privada traduciendo la obra de Kafka, empezó a murmurar algo sobre la Praga amante. Esta era su forma de intentar conquistarme. Yo me mantenía fría como un trozo de hielo, y para Werfel, ya un poco bebido, esto representaba a la vez una frustración y un desafío. Empezó a insistir, trató de abrazarme e incluso de arrastrarme a la fuerza a su vivienda, que estaba a medio camino del café Herrenhof, en un edificio de apartamentos elegantes de la Elisabethstrasse, cerca del ayuntamiento. Me costó mucho librarme de él.

Estaba molesta, decepcionada y disgustada, y esa misma noche se lo confié a Frank. En mi carta, sin embargo, suprimí la descripción de la violencia que Werfel había intentado infligirme. La correspondencia era mi consuelo; Kafka siempre me comprendía, y confiaba que también esta vez me consolara.

Pero no esperaba en absoluto el jarro de agua fría que recibí.

«¿Cómo es, Milena, su conocimiento del género humano? A veces he dudado de él, por ejemplo cuando escribió sobre Werfel; todo denotaba cariño, y quizá solo cariño, pero mal interpretado.»

Kafka es un alma tan pura que es incapaz de ver un ápice de maldad en nadie, me dije, y decidí dejar de criticar a nuestros amigos comunes. Frank confiaba en todo el mundo y creo que preferiría morir antes que admitir cualquier maldad en un amigo.

6

Le escribí sobre mí porque me hacía muchas preguntas, pero evité volver a mencionar a gente que ambos conocíamos. Nuestras cartas estaban llenas de curiosidad por el otro.

A mi pregunta de si era judío me contestó:

«¿Es broma?»

No era broma. La mayoría de mis amigos en Viena eran judíos.

«¿Qué tengo yo en común con los judíos? Apenas tengo algo en común conmigo. Pero tal vez pregunta si pertenezco a ese judaísmo miedoso... Por los lados más increíbles se ciernen peligros sobre los judíos, o para ser más precisos, se ciernen amenazas.»

Desde entonces tuve en cuenta esos peligros y amenazas.

Aprendí lo que es el amor: interesarse por el otro. Hacer preguntas. Interés por el presente, pero también por el pasado. Cada pequeña cosa relacionada con el otro.

Competir a ver quién tiene más amantes y quién está más solicitado, dar la espalda al otro y esperar a que el otro se convierta en una sombra que le sigue... no, eso no es amor.

A veces tenía la sensación de que Ernst hacía todo lo posible por aplastar mi confianza innata en mí misma, por convertirme en una torpe chapucera. Por el contrario, la sensación de calidez y seguridad que tenía gracias a mi trabajo de traducción cotidiano, que se complementaba con la correspondencia con Frank, no la había conocido desde la muerte de mi madre. Recuperé la confianza en mí misma. Nadie podía quitármela mientras traducía.

El interés, la comprensión, las preocupaciones que Frank albergaba por mí... No había otra forma de responder que con amabilidad y gratitud.

En otra de sus cartas, me mimaba:

«Hay que tomar su cara entre las manos, Milena, y mirarla directamente a los ojos, para que se conozca a sí misma a través de los ojos del otro.»

Frank era el único hombre para quien yo no era una extraña.

Nuestro amigo común, el crítico Max Brod, me contó más tarde que Kafka le había escrito entonces sobre mí:

«Es sumamente delicada, valiente, inteligente y capaz de grandes sacrificios.»

Animada por el éxito de mi traducción de *El fogonero*, empecé a escribir un artículo tras otro; eran sencillos, meras tentativas. Aparecieron en varios periódicos de Praga. Se los oculté a Frank. Y en cada carta le invitaba a venir a Viena.

7

Y de repente aquí estaba.

Quise recogerle en la estación de Südbahnhof, adonde llegaba directamente desde Merano, pero se negó. Se alojó en el hotel Riva, cerca de mi casa. Desde allí me escribió en un papel con membrete del hotel para quedar conmigo a las diez del día siguiente. Y me instó a que no me acercara a él de lado, porque no podría soportarlo. Lo planeaba todo con antelación, hasta el último detalle.

Me acercaba a él, eran exactamente las diez de la mañana. Su camisa blanca como la nieve se veía desde lejos. Entonces pude distinguir el largo cuello bronceado y el óvalo de un rostro con espesa cabellera negra. Me pareció que aquel hombre apuesto no era mucho mayor que yo, que tenía veinticuatro años. Pero resultó tener doce años más. Estaba visiblemente emocionado y algo nervioso, yo también. Me pidió que le enseñara mi Viena.

Le propuse enseñarle los lugares en los que me encontraba a gusto. Así que fuimos andando hasta Lerchenfelderstrasse y le invité a tomar un café en mi casa.

—No, gracias, no molestaré al *privatissimo* —dijo en voz baja.

—Nada de *privatissimo*, Ernst está en el banco. Quiero que veas dónde traduzco tus textos y dónde tomo té y leo.

Aceptó. Se asomó a mi parte del piso, tuve el tiempo justo para enseñarle la irisada bolita de cristal que me había regalado mi madre, y volvió a salir corriendo. En la calle, alabó mi luminoso apartamento bañado por el sol, las vistas al parque, las flores del jarrón. Y la bolita.

—Solo ese pesado armario... No debería estar ahí. No armoniza con el conjunto.

—Lo moveré a la parte de Ernst, allí sí que encajará.

—Escucha, Milena... ¿no has pensado nunca en... mudarte?

—¿Mudarme? ¿Adónde?

—Um... a Praga. En Praga hay alguien que desearía tenerte cerca...

No me lo esperaba. Para disimularlo, señalé rápidamente la puerta principal de mi edificio, decorada con flores *art nouveau* de color verde grisáceo.

—Está hecho a mano —dijo con pericia.

Probablemente también se alegró de que hubiera cambiado de tema.

—Esta discreta belleza de las flores *art nouveau* me ayuda. Mi vida no es fácil, ¿sabes, Frank?

Pero Frank se quedó callado, sin hacerme más preguntas.

Le enseñé la oficina de Correos, donde solía recoger sus cartas. Allí estaba sentada la señorita rubia que me las entregaba. También me preguntó por nuestra portera, la señora Koller.

Le interesaban todos aquellos lugares, incluso el pequeño parque cercano a nuestra casa, donde solía sentarme al sol con sus cartas. Allí las leía y releía, reflexionaba sobre ellas.

Luego le llevé a nuestras cafeterías favoritas, el café Central y el Herrenhof. No quiso sentarse allí conmigo, solo echó un vistazo al café Central y apenas se asomó al Herrenhof. A aquella hora todavía no había llegado ningún tertuliano. Pude ver que en los cafés se ponía nervioso. Algo me decía que se sentiría mejor al aire libre. Así que en el Burgring subimos en un tranvía que nos llevó al Bosque de Viena.

Recorrimos los viñedos de Perchtoldsdorf, subimos a lo alto del Kahlenberg y disfrutamos de las vistas del Danubio y Viena. «Cada vez que sentía esa ansiedad suya –escribí a Staša a Praga–, me miraba a los ojos, esperábamos un rato como si no pudiéramos recuperar el aliento o nos dolieran las piernas, y al cabo de un momento se le pasaba. No había necesidad de esforzarme, todo era sencillo y claro, le arrastraba por las colinas en las afueras de Viena, yo corría delante porque él caminaba despacio. Pisaba fuerte detrás de mí, y cuando cierro los ojos veo su camisa blanca y su cuello bronceado y cómo se esforzaba. Corría arriba y abajo todo el día, caminaba al sol, no tosió ni una sola vez, comía muchísimo y dormía a pierna suelta. Estaba simplemente sano. Y su enfermedad nos parecía como un pequeño resfriado.»

Aquella tarde le acompañé a la puerta de su hotel. Me marchaba, había quedado para ir al cine con una amiga.

No debería haberlo hecho. Estaba ante mí como un desdichado, como un muchacho que de repente no sabe qué hacer y se siente abatido.

Al día siguiente, tras otra excursión, después de cenar fuimos a su hotel. Su camisa blanca y mi blusa celeste a rayas blancas llenaban de luz la pequeña habitación. Nos tumbamos en la cama y observamos las sombras en el techo, el baile de figuras claras y oscuras. Si yo me volvía a otro lado, él giraba detrás de mi boca. Si él se daba la vuelta, yo giraba tras la suya.

El tercer día paseamos por el Volksgarten y el Ring. Frank estaba en trance todo el tiempo, y lo comentaba todo alegremente, como hacen los niños. Cuando nos sentamos en el banco desde el que veíamos los arces centenarios con su saludable follaje estival balancearse perezosamente como si nos bendijeran, dijo riendo:

–Y ahora estamos sentados juntos en un banco.

Y aplaudió como un niño.

Luego subimos al tranvía y nos dirigimos a los jardines de Schönbrunn. Paseamos por el jardín de la entrada, los niños estaban allí jugando al escondite, la arena crujía bajo nuestros pies. Paseamos por el parque del palacio, fuimos a la Gloriette, una formación arquitectónica astral del antiguo régimen austriaco.

En la Orangerie, varios franceses sacaban fotos.

–Lástima que no tengamos aparato fotográfico –dijo Frank.

Asentí. Retener ese momento... Deseé con todas mis fuerzas que el tiempo se detuviera.

–La memoria humana no puede guardarlo todo... De hecho, no puede guardar casi nada. Un mes después de la muerte de mi madre, me costaba recordar su cara. Y lo mismo ocurrió tras la muerte de mi hermano –dije.

Frank me miró de forma penetrante. Era evidente que había recordado algo.

A continuación nos desplazamos al Laberinto, donde había docenas de madres jóvenes y niñeras con cochecitos, otras llevaban de la mano a sus hijos de tres y cuatro años. Mi acompañante hablaba de su padre, tan autoritario que le estaba aniquilando. Frank le había escrito una carta, de decenas de páginas, pero no se atrevía a enviársela ni a entregársela.

–Te entiendo perfectamente, Frank. Me pasa lo mismo con mi padre. Quizá deberías enviarle la carta a mi padre en vez de al tuyo.

Frank se rio. Y me dijo que delante de su padre se sentía como Odradek.

–¿Como quién?

–¿No te gusta ese nombre?

–No lo he oído bien. ¿Has dicho Odradek? ¿Qué significa? Suena a *odpadek*, «basura» en checo.

–Así es. Es algo para tirar a la basura.

–Pero ¿quién o qué es?

–Alguien que se desprendió. Que se apartó del orden. Aquello que ya no nos gusta, de ahí la raíz eslava *rad*, «amar». –Y añadió en voz baja–: Escribí un cuento sobre Odradek.

–¿Y no quieres contarme la historia o leérmela, Frank?

–Pues no lo sé.

–¿No sabes qué?

–No sé si te gustará, supongo que no. Tal vez no tiene nada que ver contigo.

–¿Conmigo? Claro que tiene que ver. ¿No te das cuenta de que yo también soy una extranjera, una exiliada?

–Nunca se me ha ocurrido eso. Mi radiante Milena... ¿una excluida?

–Así me siento, como una excluida, una rechazada: por mi padre, que no me habla desde hace dos años y no quiere saber nada de mí; por mi marido, la causa de que fracasara mi matrimonio; por mi lengua materna, que voy olvidando en el extranjero; por mi cultura; por los checos, que me consideran una vienesa, una extranjera, diferente a ellos; por los austriacos, para quienes siempre seré una checa; por mi hermano, que murió cuando yo era niña y nadie mantiene su tumba en el cementerio de Olšany. Por las más diversas razones, para muchos soy una paria... ¿No es suficiente?

–No sabía todo eso. Ojalá pudiera compensártelo, Milena.

Su ceño fruncido delataba que ya había empezado a pensar en la forma de hacerlo.

Sonreí para tranquilizarle:

—Escúchame, Frank, debo confesarte algo. Desde que empecé a traducir *El fogonero* y otras narraciones tuyas, ya no me siento como Odradek. Al menos no conmigo misma.

Me miró largamente:

—Cuando haya vuelto a Praga, iré al cementerio de Olšany a buscar la tumba de tu hermano. Y trataré de ponerme en contacto con tu padre. Tal vez concierte una cita con él como paciente. —Me guiñó un ojo como un conspirador, soltando aquella carcajada infantil tan suya.

No tenía mucha fe en que Frank fuera a Olšany a buscar a mi hermano, y mucho menos que concertara una cita en la consulta de mi padre. Pero no conocía bien a Frank, y no me daba cuenta de que lo que otra persona lanza al viento para él era una promesa vinculante.

—Entonces, ¿quién es Odradek?

—¿De verdad quieres saberlo, Milena? No es muy interesante, no hay necesidad de perder el tiempo con ello.

—¿Debo arrodillarme ante ti aquí delante de la gente?

Volvió a sonar aquella larga carcajada. Era contagiosa, nunca me había reído tanto como con él.

—Muy bien, Milena, como quieras. Odradek, en realidad, es todo lo contrario al padre de familia que se interpone en su camino.

—Perdona que te interrumpa, Frank, pero el padre de familia del cuento es tu propio padre, ¿no?

—Sí. Mi padre está bien ubicado en el orden de la sociedad, igual que el padre de Odradek.

—Ya veo. ¿Y Odradek?

—Odradek puede referirse a cualquiera que no pertenezca al orden o a la mayoría, quizá un judío, pero en esencia es el propio autor de la historia.

—Tú.

—Sí. No tengo hijos ni mujer, a diferencia de los miembros normales de la sociedad.

—A mí me pasa algo parecido. Continúa, disculpa.

–Nunca quise casarme para no tener que vivir en un apartamento con muebles pesados y oscuros, por eso todas mis prometidas y novias acabaron abandonándome –se rio.

–Igual que a mí.

–¿A ti? ¿Quién te dio calabazas a ti?

–El desprecio de mi marido es como si me diera calabazas inmensas. Pero sigue, ¡anda!

–No me gusta mi trabajo en la compañía de seguros porque interfiere con mis ganas de escribir. Solo puedo trabajar por la noche, como si escribir fuera una actividad que hay que ocultar. Odradek es una criatura que vive en los pasillos, los recovecos y los pasadizos. Odradek no es un miembro de la familia, no se sienta a la mesa con el resto, a veces no se le ve durante meses, seguramente se habrá mudado a otras casas, aunque vuelve infaliblemente a la nuestra, según cuenta la historia. El padre no sabe cómo hablarle a Odradek, suele hacerle preguntas como a un niño. A veces obtiene una respuesta, a veces Odradek permanece en silencio. Es mudo, pero alegre. Su risa suena como el susurro de las hojas caídas. Es mi risa ronca, ¿te das cuenta, Milena?

Me quedó claro que mientras su risa me sonaba como infantil, traviesa, el propio Frank la oía como hojas secas bajo los pies de un caminante. Como la risa de un enfermo. Se veía a sí mismo como a un hombre demacrado, que tosía y se consumía.

Frank continuó:

–El final de la historia confirma la idea de que, en algún plano, se trata de padre e hijo, cuando el narrador de la historia, el padre de la familia, responde: «Obviamente no hace daño a nadie, pero la idea de que pueda sobrevivirme me resulta casi dolorosa».

–¿Quieres decir, Frank, que Odradek puede sobrevivirle físicamente?

–No lo sé. La historia no lo especifica.

Comprendí que probablemente se refería a su obra, que sobreviviría.

–Odradek es el otro, el que es diferente de los demás. El extranjero, el exiliado y el exiliado del interior –dije, pensativa–. Por eso es tan frágil.

Es como yo, pensé de nuevo.

–Sí. –Frank se regocijó por el hecho de haberlo comprendido de inmediato–. Es frágil, vulnerable y ligero. Como yo en comparación con mi padre. Imagínatelo, Milena: mientras crecía, ya el solo físico de mi padre me aplastaba. Recuerdo, por ejemplo, cómo a menudo nos desnudábamos juntos en una cabina de los Baños Amarillos, a orillas del Moldava. Yo, delgado, pequeño, flaco; él, fuerte, alto, corpulento. En cuanto entraba en la cabaña, me veía como algo lamentable, no solo ante él, sino ante todo el mundo, porque él era el centro de todas las cosas para mí. Y cuando salíamos de la cabaña ante la gente, le cogía de la mano, yo, un pequeño esqueleto, inseguro, descalzo sobre las tablas de madera, temeroso del agua, incapaz de imitar los movimientos de natación que me había enseñado, aunque con buena intención, realmente, para mi gran vergüenza. Estaba desesperado. Me sentía más tranquilo cuando a veces él era el primero en desnudarse y yo podía quedarme solo en la cabina y dejar de pensar en el escarnio de la exhibición pública. Pero mientras me avergonzaba de mi propia figura, me sentía orgulloso del cuerpo de mi padre, ¿sabes? Y sigo sintiendo todo eso hasta hoy tanto como antes.

–¿Y esto se lo recuerdas a tu padre en la carta que le has escrito?

–Sí, Milena. Allí le escribí que en aquella época yo hubiera necesitado un estímulo. Y que, por cierto, esa diferencia corpórea y de actitud entre nosotros sigue existiendo hoy de un modo muy similar al de entonces.

Frank sonrió con esa sonrisa interior sin palabras.

Nos sentamos en un banco bajo un castaño. El sol era cegador, así que apenas podía ver a Frank en su rincón sombreado al otro extremo del banco. En voz baja, como si no quisiera, me contó que tenía una novela en la que trabajaba a veces:

–En ella, Odradek se llama Josef K.

Miraba a lo lejos.

–¿Tienes ya el título de la novela?

–*El proceso*.

–¿Se trata de un proceso judicial?

–Hum... Sí y no. Todo el mundo al que le he leído extractos está convencido de que es un juicio. Pero...

–¿Pero?

–Supongo que solo yo sé que estoy escribiendo sobre otra cosa. Es un juicio que me hizo mi exprometida. Me invitó a mí y a nuestras familias a Berlín y... Y ahí fue donde quedó claro quién soy. Después de aquel juicio, sentí que no tenía derecho a seguir viviendo. Por eso tras una larga pugna administrativa, a Josef K le ejecutan.

–Y esas autoridades, son las dos familias, ¿no?

Asintió en silencio, al parecer, aunque no pude verlo con precisión entre sol y sombra. Para mí estaba claro que Frank no quería hablar más de todo eso. Seguro que quedaron muchas cosas sin resolver. Respondí en tono ligero.

–Y una ventana se abre sobre el lugar de ejecución.

–No vi ninguna ventana de esperanza antes de que me ejecutaran.

Un mirlo cantó en el castaño. Seguramente quería decirnos algo.

Frank percibió el canto y esbozó una sonrisa.

–El mirlo está de acuerdo contigo, Milena. Me parece que debería haber una ventana abierta sobre el campo de ejecución.

Mientras caminábamos entre los arbustos cuidadosamente recortados que conformaban el laberinto, me dijo que había leído mi último artículo.

Me detuve, sobresaltada, en una bifurcación. Solo se me escapó un silbido, una pregunta muda y una mirada suplicante, pues Ernst siempre había jugado conmigo como el gato con el ratón antes de darme a conocer su desdén.

Pero Frank no me miraba; sonreía a algo que llevaba dentro.

—Es un artículo corriente, no se diferencia de otros tantos —dije lo que pensaba.

—De todos modos, no lo escribió una autora corriente. Ahora tengo tanta confianza en tu escritura como en ti.

—¿Puedes afirmar eso a partir de la lectura de un solo artículo?

—He leído más de uno de los que has escrito.

—¿Compras el periódico para el que escribo?

—Sí, por supuesto. Y solo conozco un lenguaje musical en la literatura checa, el de Božena Němcová. Es, en efecto, una música diferente a la tuya, pero se le parece en su contundencia, su pasión, su delicadeza y, sobre todo, su clarividente inteligencia.

—¿Hablas en serio? —balbuceé, porque no podía creerlo. Nunca nadie me había hablado así.

—¿Escribías antes o solo en los últimos años?

—Siempre lo he intentado. Pero solo ahora me he puesto a ello con más ímpetu.

—¿Y por qué ahora?

Frank obviamente esperaba que fuera bajo su influencia.

—De alguna manera, he cambiado.

—¿Cambiado? En una de mis novelas, un hombre se convierte en insecto —sonrió—. ¿Tú también te transformaste en insecto?

—La he leído. Mi transformación fue a la inversa. Me convertí de un bicho en *Homo sapiens*. Cuando terminé de traducir *El fogonero*.

—¿Y crees que algún día volverás a tu forma anterior?

Frank casi siempre bromeaba. Aquellos días llegué a conocer su forma de pensar, de hablar, de actuar. Rara vez hablaba sin ironía y humor. Pero al contrario que Ernst, la ironía de Frank era amable, nunca mordaz.

Le dije con toda seriedad:

–Espero que mi interés por traducir y escribir artículos dure mucho tiempo –y añadí, en su tono humorístico–, antes de que vuelva a mi forma anterior y me convierta de nuevo en un bicho.

Por la mañana del cuarto día se marchó.

Nos despedimos en la estación. Yo estaba de un humor nostálgico; me sabía mal que nuestros días juntos se truncaran tan repentinamente. Pero él estaba exultante, no dejaba de bromear y reírse de sus propios chistes y de cada frase que yo pronunciaba. No se burlaba, sino que reía y bromeaba por la pura alegría de respirar y estar conmigo. Era la dicha cándida de un hombre inocente.

Observé que Frank solía tener miedo de que la gente se riera de él o de ponerse en ridículo. Por eso le abracé por iniciativa propia delante del tren. Yo era casi tan alta como él y me abracé a él como a un árbol, con todo mi cuerpo. Él también se apretó a mí con tanta fuerza que me envolvió toda con su torso, sus brazos y sus piernas. Nos quedamos allí como una nuez: él era la cáscara y yo el fruto.

No miré el tren que se alejaba. Me llevé esa sensación de confianza y seguridad a mi soleada habitación.

Cuando llegó a Praga, me escribió inmediatamente:

Hoy, Milena, Milena, Milena - No puedo escribir otra cosa. O sí. Hoy, pues, Milena, solo con prisa, cansado y ausente (lo último, además, también mañana). Cómo no va a estar uno cansado; le prometen a un enfermo un trimestre de vacaciones y le dan solo cuatro días, y del martes y del domingo únicamente un trozo, y además le recortan las noches y las mañanas. ¿Tengo razón para no estar completamente curado? ¿Tengo razón? ¡Milena! (Te lo digo en tu oído izquierdo, mientras estás tumbada en esa miserable cama, sumida en un sueño profundo y lentamente, sin saberlo, te giras siguiendo mi boca.)

8

Un poco más tarde recibí una carta sobre lo que le había ocurrido en el trayecto de Viena a Praga. Al principio pensé que era un cuento.

Ahora toca la historia de mi viaje y luego atrévete a decir que no eres un ángel. Sabía desde hacía tiempo que mi visado austriaco había caducado hacía dos meses, pero en Merano me habían dicho que para el viaje de tránsito no era necesario, y de hecho nadie puso ninguna objeción a mi llegada a Austria. Por eso en Viena olvidé el error casi por completo. Sin embargo, el funcionario del control de pasaportes en Gmünd, un hombre joven e inflexible, descubrió inmediatamente el error. Apartó el pasaporte, todos pudieron avanzar hacia el control de aduanas, pero yo no; eso ya era bastante desagradable (aquí me siguen molestando, es el primer día, todavía no estoy obligado a escuchar la cháchara de la oficina, y todo el rato viene alguien que quiere alejarme de ti, es decir, a ti de mí, pero no lo conseguirán, ¿verdad, Milena? Nadie, nunca).

Así fue, pero luego tú te pusiste manos a la obra. Llega un guardia fronterizo –amable, abierto, austriaco, atento, cordial– y me conduce por las escaleras y por los pasillos arriba y abajo hasta la inspección fronteriza. Allí, con un error similar en su pasaporte, se encuentra una judía rumana, curiosamente también, ¡oh ángel de los judíos!, tu amable embajadora. Pero las fuerzas opuestas son mucho más potentes. El gran inspector y su pequeño adjunto, ambos amarillentos, flacos, intransigentes, al menos por ahora, se apoderan del pasaporte. El inspector está listo ensegui-

67

da: «¡*Váyase de vuelta a la Jefatura de Policía en Viena a por el visado!*». *No puedo evitar repetir varias veces: «Eso es terrible para mí». El inspector responde, también varias veces, con ironía y maldad: «Eso es lo que te parece a ti». «¿No es posible conseguir un visado por telégrafo?» «No.» «¿No hay ninguna autoridad superior?» «No.» La mujer, que ve mi angustia y mantiene una calma increíble, ruega al inspector que al menos a mí me deje pasar. ¡Flacos recursos, Milena! ¡Así no conseguirás nada! Tengo que recorrer otra vez el largo camino de vuelta al mostrador de pasaportes para recoger mi equipaje; así que, hoy por hoy, no queda ya esperanza alguna de poder seguir el viaje. Y ahora estamos sentados juntos en la sala de inspección fronteriza, ni siquiera el funcionario sabe cómo consolarme, solo que la validez de los billetes puede ampliarse y cosas así; el inspector ha dicho su última palabra y se ha retirado a su despacho privado, solo sigue aquí el pequeño adjunto. Calculo: el próximo tren a Viena sale a las diez de la noche, llega a las tres y media de la madrugada. Todavía sigo con las picaduras de los insectos del hotel Riva, ¿cómo será la habitación de la estación Franz Josef? Pero como no conseguiré ninguna, me iré (sí, a las dos y media de la madrugada) a Lerchenfelderstrasse y pediré alojamiento para una noche (sí, a las cinco de la mañana). Pero sea como sea, sin duda debo ir el lunes por la mañana a buscar mi visado (¿lo conseguiré el mismo lunes o tendré que esperar hasta el martes?) y luego ir a tu casa, para darte la sorpresa cuando abras la puerta. Madre mía. Aquí mis pensamientos se detienen, pero luego continúan: pero ¿en qué estado me encontraré después de semejante noche y semejante viaje?, y por la noche tendré que partir de nuevo en un tren que tarda dieciséis horas. ¿Cómo llegaré a Praga y qué dirá el director, al que ahora tendré que telegrafiar para pedir una prórroga de mi permiso? Seguro que no quieres todo eso, pero, en el fondo ¿qué quieres? No hay otra opción. El único pequeño alivio que se me ocurre sería pasar la noche en Gmünd y por la mañana salir para Viena, y entonces, ya completamente abatido, le pido al silencioso adjunto si hay un tren a Viena a la mañana siguiente. A las seis y* media, con llegada a las once. De acuerdo, viajaré en este tren, y la rumana también. Pero entonces se produce un giro repentino en la conversación, no sé cómo, pero en cualquier caso, de súbito queda claro que el pequeño adjunto quiere ayudarnos. Si pasamos la noche en Gmünd, por la mañana, cuando él esté solo en la oficina, nos dejará pasar clandestinamente en el tren correo para Praga, y llegaremos a Praga a las cuatro de la tarde. Al inspector le diremos que tomaremos el tren de la mañana a Viena. ¡Maravilloso! Pero solo relativamente maravilloso, porque tendré que enviar un telegrama a Praga. En fin.

Llega el inspector, representamos la pequeña comedia sobre el tren matinal a Viena, luego el adjunto nos despide, nos dice que por la tarde vayamos a verle para hablar de las demás cosas. Yo, en mi ceguera, asumo que eso viene de tu parte, mientras que solo es el último ataque de las fuerzas opuestas. Así que la mujer y yo salimos lentamente de la estación (el rápido en el que debíamos proseguir el viaje sigue allí parado, el control de equipajes tarda mucho). ¿Cuánto se tarda en llegar a la ciudad? Una hora. Solo faltaba esto. Pero resulta que hay dos hoteles cerca de la estación, nos alojaremos en uno de ellos. Una vía pasa cerca de los hoteles, tenemos que cruzarla, pero justo viene un tren de mercancías, quiero adelantarme a él, pero la mujer me lo impide, y mira, el tren de mercancías se detiene justo delante de nosotros y tenemos que esperar. Un pequeño añadido a toda esta desventura, pensamos. Pero es precisamente esta espera la que marca el punto de inflexión, sin ella no habría llegado a Praga el domingo. Es como si tú recorrieras todas las puertas del cielo para suplicar por mí, porque ahora el guardia corre sin aliento tras de nosotros, gritando: «¡Deprisa, el inspector os dejará marchar!». ¿Será posible? En un momento así, a uno se le hace un nudo en la garganta. Diez veces tuvimos que suplicar al funcionario que aceptara nuestro dinero. Pero ahora tenemos que volver deprisa, recoger el equipaje en la inspección, correr con él al mostrador de pasaportes y luego a la aduana. Pero ahora todo eso lo hacemos con tu ayuda; cuando ya no puedo seguir cargando todo mi equipaje, un mozo de cuerda aparece a mi lado; mientras *me meto en una afluencia de gente en el mostrador de pasaportes, el funcionario me despeja el camino; en el control de aduanas, me doy cuenta de que he perdido el estuche con los gemelos de oro y un funcionario lo encuentra y me lo entrega. Estamos en el tren a punto de partir, por fin puedo secarme el sudor de la frente y del pecho. ¡Quédate siempre a mi lado!*

«Una aventura como esta solo te puede pasar a ti», le contesté, aún en nuestro risueño humor vienés. «Ahora, conviértela en un cuento o una novela. Sobre un hombre llamado K, como tú: FranK Kafka. Ese K que no puede llegar a su destino por más que lo intenta. La burocracia le arroja a un camino de obstáculos en forma de comportamiento arbitrario y falta de buena voluntad. A K le costará llegar a Praga, al castillo de Praga. Como a ti, que por poco no llegas: si no fuera por tu hada buena, no estarías allí. Tu novela debe estar sumida en la oscuridad, como tu historia nocturna. Y ese K conoce a una chica que es la única que le toma cariño y le ayuda. Podrías llamarla Frieda, así tendría las vocales de mi nombre. O la bautizas Amelia, otro anagrama de mi nombre. ¡Vamos, escríbelo, ya tengo ganas de traducirlo!»

9

Tras su regreso me contó, además, que acababa de romper con su prometida, Julie Wohryzek. Le contó la verdad sobre mí y ella se lo tomó muy mal.

Yo también le hablé a Ernst de Kafka. Me dijo:

–Unos sienten celos cuando el amante no vale nada. Otros se ponen celosos cuando la tercera persona es más inteligente, más interesante y más bella que aquella a la que sustituye.

–Ya, pero ¿qué significa eso para ti?

–¿De cuál de los dos grupos me consideras? Estaría realmente enfadado y resentido, Milena, si me sorprendieras de mala manera tomando por amante a alguien con menos nivel, porque sería humillante.

–De acuerdo, pero ¿qué relación tiene todo esto con nosotros tres?

–¿Quieres saber qué pienso de que hayas escogido a Kafka? Racionalmente hablando, me honra que ya que tienes que tener un amante, hayas optado por el escritor más notable de la generación joven.

–¿Así que estás de acuerdo conmigo?

–A ver: te agradezco tu sinceridad, pero no hablemos más de ello. No quiero este tema en mi plato todos los días en vez de la sopa.

Al día siguiente, me anunció que en agosto nos iríamos juntos de vacaciones. Nos decidimos por Sankt Gilgen, en el lago Wolfgangsee.

No, Ernst no quería perderme.

Ni yo tenía ganas de perderle a él.

Pero ya no podía imaginarme la vida sin Frank.

Mientras Frank se decidió inmediatamente por mí y tenía claro qué hacer a continuación, yo no tenía las cosas tan claras. La razón me decía que dejara a Ernst inmediatamente, tanto porque debía tratar a Frank del mismo modo que me trataba él a mí, como para poner fin a mi eterno tormento con un hombre infiel. Pero ¿cómo dejar aquellos ojos empañados que brillaban de manera tan especial cuando nos reuníamos por la noche, aquella boca que me recordaba a diario nuestros juegos nocturnos, cada vez más escasos?

No era capaz de ser dueña de mis sentimientos. Y sabía por Freud que, además, era imposible.

Frank me rogaba en casi todas las cartas que me mudara a Praga, que lo compartiéramos todo y viviéramos exclusivamente el uno para el otro. Sonaba tentador.

Pero...

Había un Frank tal como la gente lo conocía: sociable, servicial, elegante. Además de alemán, hablaba perfectamente el checo de Praga, era cálido, divertido, animado. Y empático. La gente le quería y le respetaba.

En cambio, el otro Frank era tan frágil e inocente como un bebé. Y yo me preguntaba si podía ser una buena compañera para esa criatura vulnerable. Frank no veía el mal en nadie, como si la maldad del mundo se debiera a algún misterioso mecanismo cósmico y no a las personas individuales, a su malicia y su egoísmo. En sus libros, este mecanismo incomprensible es la perdición del hombre. ¿Cómo explicar al Frank puro que existían personas de otro tipo, cuando él solo veía en todo el mundo lo bueno, lo generoso y lo elegante porque él mismo era bueno, generoso y elegante? ¿Podía asumir una vida con un hombre que necesitaba más cuidados que un niño, era más sensible que una jovencita inexperta, estaba a mi merced y me miraba con esos grandes ojos de ciervo asustado que busca la protección de alguien más fuerte?

Madre Milena, me solía llamar.

De modo que seguí viviendo entre dos hombres y postergaba la decisión. Esperaba que esta situación durara el máximo tiempo posible.

Pero era una eterna contradicción. Echaba tanto, tanto de menos a Frank, su rostro moreno y amable, su cuerpo, que deseaba y con el que soñaba por las noches.

En agosto de 1920 nos encontramos en Gmünd, en la frontera austrocheca. Como dos políticos que no quieren hacer concesiones el uno al otro, nos reímos. Pero nos despedimos con un regusto de ambivalencia más profundo que nunca.

Frank retrató vívidamente nuestro encuentro en los apuntes para su nueva novela, *El castillo*. Me hizo gracia que siguiera mi consejo, que era una broma, de titular la novela así. Según sus anotaciones, Frieda, mi *alter ego*, era la esposa del señor del castillo, Klamm, es decir, «engaño» en checo: insinuaba que ambos habíamos engañado a Ernst. En Gmünd me equivoqué: a menudo me obligaba a mí y a él a mantener relaciones sexuales; pensaba que así se borrarían nuestras discrepancias.

Pero partimos con una sensación de no saber quiénes somos y qué queremos.

Más tarde me llamaron la atención un par de frases que claramente hablaban de nuestro encuentro en Gmünd:

«Se quedaron tumbados, pero no con la misma devoción que aquella otra noche. Ella buscaba algo y él buscaba algo, furiosamente, con muecas violentas, y ambos enterraban la cabeza en el pecho del otro.»

Recordaba exactamente lo que le susurré aquella noche en Gmünd, y en la novela lo puso en boca de mi doble, Frieda:

«Si nos hubiéramos marchado aquella noche, podríamos haber estado en algún lugar seguro, siempre juntos, tu mano siempre lo bastante cerca para que yo pudiera sujetarla; cómo necesito tu cercanía, cómo me siento abandonada sin tu presencia desde que te conozco, tu cercanía es, créeme, el único sueño que tengo, no hay otro.»

En los apuntes para la novela, que me enseñó, había captado bien mi ambivalencia. Y también la contracción que desde entonces se había apoderado de él. Por un lado, me necesitaba y no podía estar sin mí. Pero, por otro lado, cada vez tenía más miedo de todo. Sentía que no me podía satisfacer, como tal vez nunca podría satisfacer a nadie. Y se daba cuenta de que estaba destinado a ser un lobo solitario.

Me escribió:

Amada, tú no eres una mujer para mí, eres una niña, nunca en mi vida he visto a alguien que fuera tan niña, y por eso no me atrevo a darte mi mano, muchachita, esa mano sucia, temblorosa, una mano con garras, volátil e insegura, ardiente y helada.

Nos tomó por el mito de la bella y la bestia, la muchacha y el minotauro.

Era otoño. Estaba deprimida, me parecía que flotaba por encima de Viena sin capacidad de echar raíces. Me daba cuenta de que Frank era la única tierra firme que tenía. Lo necesitaba y le escribí, llamándole a mi lado. Recibí una respuesta: para acudir a Viena a verme, en su solicitud de permiso de unos días de vacaciones tendría que engañar a su superior. No lo entendí: ¿qué importaba una excusa insignificante cuando se trataba de ayudar a una amiga?

Sin embargo, esta exigencia ética que Frank se imponía era lo que más me admiraba de él. Todas las personas corrientes nos acostumbramos a mentir, incluso llamamos «piadosas» a algunas mentiras. Pero una mentira es una mentira. Y mientras que para la mayoría una mentira es algo ordinario, cotidiano, algo con lo que hay que contar, la intransigencia de Frank era su pureza.

Frank vivía en la verdad.

Cualquiera que aspirara a vivir con Frank debía estar dispuesto a vivir su vida en la verdad, a ser tan fiel a sus principios como él. De lo contrario, no funcionaría.

Lo admiraba como nunca había admirado a nadie, ni antes ni después de él. Y traducir sus cuentos y novelas me proporcionó una maravillosa sensación de plenitud.

Pero necesitaba la libertad como el aire que respiraba, y vivir la vida de otra persona no era para mí. No podía y no quería vivir como si estuviera en una celda buscando una ventana, esa abertura al aire libre.

Frank lo intuía; nuestras diferencias crecían y se multiplicaban.

Sin embargo, ambos seguíamos aferrados el uno al otro y nuestra correspondencia era más apasionada que nunca.

Frank fue al cementerio de Olšany a buscar la tumba de mi hermano. Durante todo el día recorrió el cementerio, calle por calle, manzana por manzana, examinó tumbas y sepulcros, leyó los nombres y apellidos que había en ellos, pero no encontró al joven Jesenský. No se dio por vencido y pasó otro día explorando los terrenos del cementerio, aquel enorme jardín lleno de árboles y arbustos y flores plantadas. Tenía tantas ganas de encontrar la tumba de mi hermano, de complacerme, de hacerme feliz de alguna manera. Soplaba el viento y hacía frío, pero él siguió hasta el anochecer... pero no había nada que hacer. Al final se fue y se decidió a buscar al menos a mi padre para hablar con él.

Fue a su consultorio, pero no le dejaron ver al doctor Jesenský. «Me recuerdas a tu personaje K –le dije en una carta–, que, por mucho que lo intente, no puede acceder al castillo.»

Entonces Frank contactó en secreto con Vlasta, la enfermera y secretaria de mi padre. Concertó una cita con ella. No sé lo que le dijo, pero el resultado fue que recibí una carta de Vlasta:

Lo que su padre es incapaz de entender, señora Milena, es que usted tenga un marido con ingresos fijos y seguros, y encima una generosa asignación mensual de su padre, que usted complementa con sus frecuentes artículos en la prensa checa, cómo usted, sin hijos y sin deudas ni amortizaciones que pagar, está tan mal...

Me avergoncé. A quién podía explicarle que Polak no me había dado ni un chelín desde que me había dejado plantada en la estación, para demostrarme que no debía esperar nada de él. No tener dinero para libros y ropa era lo peor para mí. Y me avergoncé hasta delante de Frank, aunque para él yo era una pobre víctima de familiares poco generosos. Resolví dedicarme más a la traducción y a colaborar en periódicos; independizarme por completo.

Al día siguiente pedí más trabajo en *Národní listy*. Me ofrecí para ser su corresponsal en Viena. Pero no me hice ilusiones.

Mi presentimiento era acertado: me rechazaron. Sabía que no había mujeres corresponsales.

Pero veía que Frank se desvivía por mí, y eso era lo más importante.

En diciembre íbamos a encontrarnos en Grimmenstein, al sur de Viena, donde Frank tenía la intención de someterse a una cura. Antes pasaríamos unos días en Viena. Estábamos ansiosos por disipar los nubarrones que se cernían sobre nosotros.

Sin embargo, a finales de noviembre recibí de Frank una carta vacilante. Me parecía que sus temores le atormentaban más de lo que había atormentado, al Prometeo encadenado, el águila que acudía diariamente a picotearle el hígado.

El viernes, 3 de diciembre, recibí otra. Me la llevé a casa y la abrí rápidamente.

«Hoy es jueves...», leí en el encabezamiento de la carta.

Alguien llamó al timbre, tuve que ir a abrir la puerta. Y por el camino, canturreé para mis adentros ese poema de mal augurio que solía recitar mi madre: «Hoy es jueves, mañana viernes, coso mi traje de boda en ciernes... Brilla, luz de la luna, coseré hasta la una...»

Canté para calmarme, porque sabía que había una sorpresa desagradable en esa carta.

En la puerta, firmé mecánicamente que había recibido un paquete certificado de libros para Ernst y volví a la carta de Frank.

Hoy es jueves. Hasta el martes estuve sinceramente decidido a ir a Grimmenstein. Aunque sentía, al pensarlo, una amenaza dentro de mí, y notaba que el aplazamiento del viaje en parte provenía de ella, creía que podría superarlo todo fácilmente. Entonces me tor-

turé en el sofá toda la tarde y noche. Por la mañana, me levanté como en mis peores días.

No tengo fuerzas para ir; no soporto la idea de estar delante de ti, no soporto la presión sobre mi cerebro.

No puedo explicarte ni a ti ni a nadie cómo está todo dentro de mí. Lo principal está claro: vivir cerca de mí es imposible.

Quise lanzarme a coger el primer tren para Praga. No era posible, iban todos llenos. No tuve mi primera oportunidad hasta enero. Le escribí a Frank que iría a Praga. Esperaba que, cuando le viera, todo volviese a ir bien.

Cuando llegué a mi domicilio de Praga, encontré en el buzón una carta de Matliary, en los Tatras. En el sobre aparecía la letra de Frank. La carta contenía solo tres líneas:

No escribir e impedir nuestro encuentro, solo cumplir esta súplica discretamente, es lo único que me permitirá seguir viviendo de alguna manera, todo lo demás me destroza.

12

Ante mí tenía un austero y luminoso edificio neoclásico, el Sanatorio Hoffmann de Kierling.

Había llegado. Me empezaban a doler los pies. Ya me había quitado el sombrero por el camino.

Sabía que hacía más de cinco semanas que Frank estaba en este sanatorio: desde el 19 de abril. Y que su amigo Robert Klopstock y la nueva prometida de Frank, Dora Diamant, cuidaban de él las veinticuatro horas del día.

La enfermera de la recepción me preguntó si había avisado al señor Kafka. Le contesté que el día anterior había llamado por teléfono a la recepción y había concertado una cita.

—¿Su nombre? *Fräulein...*

–*Frau* Koller –me escondí tras el nombre de nuestra portera en la Lerchenfelderstrasse. No quería constar en la lista de visitas de Frank. Nuestro encuentro era un asunto privado suyo y mío.

La enfermera anotó el nombre y me condujo a través de un jardín lleno de flores y luego por un pasillo blanco hasta una escalera donde me dio instrucciones de cómo llegar a la habitación del señor Kafka. Al final me saludó: «*Auf Wiedersehen, Frau Koller*», y se dio la vuelta para regresar a la recepción.

Mientras subía la escalera, ante mis ojos desfilaron mis escasas citas con Frank después de aquel último desencuentro, en el invierno de 1920-1921, cuando Frank cambió de opinión y no acudió a Austria. Después de aquello y tras varias cartas desesperadas que envié al buen amigo de ambos, Max Brod, ya no intentamos construir un futuro juntos y nos convertimos en amigos íntimos. Frank me entregó sus diarios, que había escrito durante varios años, para que los guardara. Los cuidaba tanto como si no hubiera nada más precioso en el mundo.

En lo alto de la escalera me esperaba un joven con una calva incipiente que le comía el pelo rubio en las sienes. Sostuve el ramo y el sombrero en mi mano izquierda. Le ofrecí la derecha y él se inclinó ligeramente y con cierto descuido hacia mi guante rojo de verano. Me presenté:

–Soy Milena de Praga.

–Robert Klopstock. Franz me ha hablado de usted –dijo con sobriedad, casi con brusquedad, como si estuviese enfadado conmigo.

Se asomó a una de las habitaciones y le susurró algo a alguien. Entonces salió de la habitación una joven morena de mi edad, quizá incluso más joven, con unos ojos que lo revelaban todo. Estaba algo asustada de verme. Klopstock nos presentó:

–La señorita Dora Diamant, y esta es la señora Milena Polak.

Nos dimos la mano. Dora seguía un poco espantada, pasó sus ojos por encima de mi vestido; estaba claro que su mundo era diferente del mío.

Me hice un reproche a mí misma: debería haber sido más prudente. Quería llevar algo elegante, atractivo, por el bien de Frank. Él se fijaba en esas cosas. Pero fue un error. No era apropiado para el hospital. Y mucho menos para un enfermo grave. Fue una imprudencia por mi parte.

–La vi desde el balcón –me susurró Dora para no romper el silencio hospitalario– y se lo he comentado a Franz: «Una joven elegante, rubia, con un sombrero rojo en la mano acaba de entrar en el sanatorio». Pude ver que estaba intrigado porque sus ojos brillaron llenos de esperanza. Pase, por favor, señora Milena, seguro que se alegrará de verla. Pero no le deje hablar, no le conviene.

Me di cuenta de que la sincera muchacha se ponía en segundo plano y que tenía muy buen corazón. Me hallaba en un mundo diferente al que estaba acostumbrada.

Estaba en el mundo de Frank.

Klopstock abrió la puerta de la habitación, con un gesto seco de la mano me indicó que entrara e inmediatamente cerró la puerta tras de mí. Él y la señorita Dora permanecieron en el pasillo.

13

Frank estaba medio sentado, medio tumbado sobre las grandes almohadas de la cama. La alegría de verle me ayudó a superar el sobresalto que tuve al percibir su rostro demacrado.

–¿Estás revisando las galeradas, Frank?

Señalé hacia donde la luz del sol caía sobre el manojo de páginas encima de la cama. Se lo pregunté como si nos hubiéramos visto por última vez aquella misma mañana y no hubiera necesidad de ninguna formalidad, ni siquiera un saludo.

Me hizo un gesto para que apartara las páginas impresas y me sentara en la cama con él. Mi quité los guantes y los dejé, junto con el sombrero y el ramo, en la silla. Al colocar las páginas sobre la mesilla de noche, donde había una docena de medicamentos, me di cuenta de que eran pruebas de imprenta y de que la obra se titulaba *Un artista del hambre*. Pensé que sin duda se trataba de su narración, que yo sabía que estaba escribiendo pero que aún no había leído. En la portada figuraba también el nombre de la editorial: Verlag Die Schmiede.

Me entraron ganas de meterme las pruebas en el bolso y empezar a traducirlas, más que leerlas. La traducción es la forma más profunda de leer.

Otra vez me indicó que me sentara con él.

—Así que estás trabajando. Todo el tiempo —le dije mientras me sentaba en la cama.

El sol acababa de ocultarse tras una nube.

Abrió la boca y susurró algo, pero no pude entenderle.

—Hasta el último minuto —escribió en un trozo papel. Y luego añadió—: Tengo prohibido hablar.

¿Hasta qué último momento?, quise preguntar, pero por suerte no lo hice. Estaba en los huesos, pero aquellos grandes ojos resplandecían más que nunca. Hacía casi un año que no le veía. El tiempo y la enfermedad se habían apropiado de él y lo habían transformado, pero no habían alterado mi imagen interior de un Frank juvenil, tierno y frágil, a veces exuberantemente alegre, a veces atrapado en la melancolía.

Frank siempre quería la verdad. Simplemente la verdad, sin adornos. Y eso lo aprendí de él. Creo que leyó ese pensamiento en mis ojos.

Me levanté y miré por la puerta que daba al pequeño balcón: la vista abarcaba los bosques de Viena y el jardín que había cruzado a mi llegada, los parterres de flores. Recordé el ramo que le había traído. Lo tomé de la silla, quité el papel de regalo y extendí las flores sobre la cama. Frank las recorrió con la mirada y siguió observándome. Todo el tiempo, sin pausa. Me levanté, vertí agua en un jarrón y coloqué las rosas amarillas entre las lilas púrpuras. Puse el jarrón sobre la mesita, al sol, que ya brillaba de nuevo. Me sonrió con esa sonrisa tímida de quien ve nobleza en todo el mundo porque él mismo es noble.

—Es el bosque de Viena, Frank, tienes la vista del bosque de Viena desde tu ventana. ¿Y si subimos corriendo hasta allí arriba?

Susurró algo, pero era ininteligible.

Escribió en el papel:

—Desde lo alto de la colina hay una hermosa vista del Danubio y de Viena.

Así que él también se acordaba de todo.

Y de nuevo me hizo un gesto para que me sentara más cerca de él.

Escribió:

—En Viena es donde pasé mis días más felices. Y es donde voy a morir. Es un consuelo.

No pude dejar de preguntarle lo que nunca me atreví a abordar durante nuestros encuentros en Praga: cuál sería el final de *El castillo*, novela cuyo manuscrito inacabado me había dejado leer.

Escribió:

—K está en su lecho de muerte, enfermo de agotamiento por todos los pasos que tuvo que dar en vano. Entonces llega la carta con la decisión del castillo. En ella se le comunica que, aunque no tiene derecho a residir en el pueblo, se le autoriza a vivir y trabajar allí.

—Es un contrasentido.

Volvió a escribir:

—La burocracia no tiene lógica.

—Pero ¿cómo es que le dieron el permiso?

—Hubo ciertas circunstancias especiales —escribió.

—¿Cuáles?

—No olvides que la amante principal de Klamm, que tiene varias queridas, es Frieda, a su vez la amante de K.

Lo entendí: puesto que en checo *klam* significa *engaño*, Klamm es tanto el hombre engañado como el que engaña.

Entonces dije a Frank que había abandonado a mi marido. Que había dejado a Ernst para poder decírselo hoy. Y que había decidido divorciarme de él y mudarme de Viena a Praga. Para empezar una nueva vida.

Escribió en el papel:

—Es demasiado tarde. Es demasiado tarde para todo, Milena.

Tomó mi mano entre las suyas y no me soltó. No me quitaba los ojos de encima. Pensé en el final de su novela, que Frank no tuvo tiempo de escribir, en ese final que supo prever el final del propio autor: la solución llega cuando ya es demasiado tarde.

Frank repitió algo en un leve susurro. Leí sus labios:

—Milena.

Seguimos allí sentados. En silencio. Yo con los ojos cerrados. Él con los ojos puestos en mí.

Me entraron ganas de tumbarme a su lado, como hacía unos años. Tumbada, mirando la luz del sol y las sombras en el techo. Y girar mi cabeza siguiendo sus labios.

Cuando al cabo de un rato se presentó el médico para hacer su ronda, los dos le miramos como si fuera un intruso. Detrás de él, Dora y Klopstock entraron en la habitación.

Frank siguió agarrado a mí. Lentamente, de mala gana, me deshice de sus manos. Me levanté y alisé la manta de Frank donde había estado sentada. Como para borrar mi presencia en su habitación.

Recogí mi sombrero y mis guantes, saludé con la cabeza a Dora que me dirigió una sonrisa franca como a una hermana, encontré los ojos graves de Klopstock, que hablaba con el médico, y me alejé. Sentía aún la mirada de Frank clavada en mí. Lo observé una vez más desde el pasillo antes de cerrar la puerta. Me siguió con los ojos como si no existiera nada más en el mundo.

Volví a atravesar los parterres del jardín y salí del recinto del sanatorio. Me repetía: ¿Para quién voy a escribir ahora?

Y ¿cómo podía ser que no me había dado cuenta antes de lo que yo significaba para él?

Por el camino de vuelta lo veía todo borroso y pensé que a partir de ahora estaba todo perdido para siempre.

14

Frank murió el 3 de junio de 1924, poco después de mi visita.

El 5 de junio compré un billete de Viena a Dresde para visitar a unos amigos antes de regresar a Praga. Así se lo había prometido a Frank.

En el momento de su muerte yo seguía en Viena. En nuestra ciudad. Estaba cerca de él, y así se lo escribí a mi amiga Staša.

Subí al tren y en mi compartimento me senté junto a la ventanilla y desplegué la mesita. Puse sobre ella un cuaderno y un lápiz para escribir un obituario. Tres días después, mi texto apareció en el periódico *Národní listy* de Praga.

Hace dos días, Franz Kafka, escritor en lengua alemana que vivió en Praga, murió en el sanatorio Hoffmann de Kierling, cerca de Klosterneuburg, en los alrededores de Viena. Pocas personas le conocían aquí, pues era un hombre solitario, sabio, un hombre aterrorizado por la vida; llevaba años sufriendo de una enfermedad pulmonar, y aunque se ocupaba de su dolencia, al mismo tiempo la alimentaba a conciencia. «Cuando el alma y el corazón no pueden soportar la carga que llevan, colocan una mitad sobre el pulmón, para que el peso se reparta a partes iguales», escribió una vez en una carta, y esa era su enfermedad. Le confirió una delicadeza casi milagrosa y un refinamiento intelectual tan intransigente que asustaba. Era tímido, ansioso, amable y bueno, pero escribió libros crueles y dolorosos. Veía el mundo como lleno de demonios invisibles que hieren y destruyen a los desprotegidos. Conocía a los hombres como solo pueden conocerlos personas de gran sensibilidad nerviosa, que están solas y pueden ver proféticamente al hombre entero a partir de un único guiño de su rostro.

Me puse a mirar por la ventanilla, atravesábamos un bosque, era el Bosque de Viena. Oía y veía a Frank jadeando mientras corría detrás de mí, sudando para remontar la distancia que nos separaba.

De todo eso hacía exactamente cuatro años.

Escribí unas frases sobre los libros de Frank.

Y tuve su rostro suave, sus ojos asustados delante de mí mientras escribía la última frase y ponía un punto y final: «Era un hombre y un artista de conciencia tan aguda que llegó a oír incluso ahí donde otros, sordos, se sentían fuera de peligro».

III

La periodista

Después de aquellos seis años largos en Viena con Ernst Polak, después de aquellos casi siete años junto al hombre que me había reprimido, que me había empujado hacia el subsuelo de la depresión y que por poco me destruye, limpia como una patena, regresé a mi ciudad.

Mi padre y yo nos volvimos a ver y la pausa de casi siete años nos había sentado bien. Me ayudó con mi divorcio.

Después de divorciarme recuperé mi apellido, Jesenská. Sentí que me había liberado de las telarañas para emprender un nuevo vuelo.

La mujer renacida, independiente y segura de sí misma en la que me había convertido acudió a una reunión de trabajo. Había telefoneado con antelación al director del *Národní listy* y había quedado con él en la redacción. La redactora Hana Šklíbová ya me estaba esperando con una sonrisa en la sala de reuniones:

–Tú vuelves de Viena, yo regresé de Londres.

–Praga es un imán para las dos –le devolví con alegría.

La joven Hana, con su pelo castaño corto, me gustó a primera vista. Era desenvuelta, enérgica e inquieta como una ardilla, aunque con los movimientos flexibles de una mujer que sabe lo que quiere y nunca se precipita. Algo extranjero traslucía en sus gestos y su postura.

El director no entró, sino que irrumpió en la redacción. No sé qué quiso comunicar con aquella prisa, ¿quizá que su tiempo era precioso y no había que malgastarlo? Hasta su pelo revoloteaba alrededor de su cabeza. Le conocía de antes; a veces le traía personalmente algún artículo mío sobre Viena.

Le presenté mi oferta: deseaba ser corresponsal del periódico en el extranjero.

–¿En Viena? Pero si ya hemos...

Le interrumpí:

–No, he dejado Viena definitivamente atrás. Quisiera trabajar en París, Londres, Roma o Moscú.

–¿Por qué, señora Milena? Acaba de llegar a Praga. ¿Quiere marcharse enseguida otra vez? –bromeó, alisándose el pelo e intentando controlar los músculos inquietos de la cara.

De Frank aprendí a decir la verdad, pasara lo que pasara. Puede que no siempre fuera práctico, pero sin duda la rectitud me facilitaba las cosas. Y me ahorraba tiempo y energía.

Entonces también dije lo que pensaba:

–He vuelto a Praga, cierto. Pero no estoy convencida de poder vivir permanentemente aquí, en una ciudad tan pequeña, después de más de seis años en Viena. Así que residir en distintas capitales europeas, o en una de ellas, y venir de vez en cuando a Praga sería lo ideal para mí.

Observé al nervioso editor y me di cuenta de que mi plan era audaz.

–¿Qué sueldo se imaginaría para un trabajo así?

–Tres mil coronas –dije con firmeza. Lo tenía todo calculado de antemano.

El editor se echó el pelo hacia atrás y nos ofreció un cigarrillo a las dos. Yo lo rechacé, Hana lo aceptó y él se lo encendió con una cerilla que acercó primero al cigarrillo de ella y luego al suyo. Fue un gesto elegante, refinado, que los unió.

El hombre aspiró una bocanada de humo, lo soltó y luego dijo despacio, como si reflexionara:

–¿Tres mil coronas? Ajá... Es un lujo que *Národní listy* no se puede permitir. Un lujo más allá de nuestras posibilidades.

–Volvió a aspirar el humo y lo expulsó lentamente por la nariz mientras continuaba–: Aunque la respetamos como periodista, señora Milena. La respetamos tanto que voy a ofrecerle algo diferente. Por supuesto, no será en el esplendor intelectual y la grandeza del mundo extranjero. Tendrá que soportarnos a nosotros, los provincianos checos.

En la boca de aquel hombre esa afirmación no sonaba a provocación sarcástica de un nacionalista checo, de los que abundaban en Praga tras el establecimiento de la Checoslovaquia independiente, sino a autocrítica irónica de alguien consciente de sus propias limitaciones. Esperé con interés y cierto suspense a ver qué me ofrecía.

Tras una pausa cargada del humo de los dos cigarrillos, recorrió con la mirada mi traje, con el que se mostró satisfecho, y al final dijo:

–¿Le gustaría dirigir las páginas para mujeres de *Národní listy*?

Aquello fue un jarro de agua fría, pero intenté que mi decepción no se notara. De ser corresponsal en el extranjero a escribir sobre moda y vida sana, elaborar recetas... Tuve que esforzarme bastante para controlarme: no tenía trabajo y este hombre me ofrecía dirigir un suplemento de su diario. Pero qué hacer si no me apetecía en absoluto dar consejos a las amas de casa y a las cocineras...

Vi la sonrisa alentadora en los labios de Hana. Eso me devolvió a la realidad.

Decidí tomarme la oferta como una oportunidad. Porque era una oportunidad.

–La sección sería suya, pero tendría colaboradoras, por supuesto –me aseguró el director al verme dudar–. Usted personalmente dirigiría la sección y a un equipo de colaboradoras que usted misma elegiría. Usted escribiría, digamos, una columna a la semana. Y siempre que redactara un reportaje más largo en lugar de una columna, o además de ella, estaríamos encantados.

Tenía claro que, si yo hubiera sido un hombre, me habría ofrecido un tema serio. Pero me dije que lo importante era aprovechar lo que había, meter el pie para que la puerta no se cerrara y empezar a construir sobre lo que había. Además, era el periódico más leído y más prestigioso de Checoslovaquia.

Hana no dejaba de sonreírme y podía leer en sus ojos la esperanza de que aceptara.

Respondí con poco entusiasmo, pero firmemente:

–Acepto.

–Entonces empezará enseguida.

Me acompañó a la oficina administrativa para firmar el contrato que ya había preparado.

Luego volví a la sala de reuniones para recoger mi abrigo. Hana Šklíbová seguía allí, garabateando algo en el periódico con una pluma que había mojado en tinta roja y hablaba por teléfono, de espaldas a mí.

–Ahora no puedo. Esta mañana hemos tenido una larga reunión con una nueva periodista y tengo que terminar el trabajo que me queda o el periódico mañana no sale. Lo dejaremos para otro día. ¿Quién es la nueva periodista? Se llama Milena Jesenská. Sí, es bien conocida. ¿Que cómo es? –Aquí Hana bajó la voz para que no la oyeran en las otras oficinas–. Bueno, debo decir que me tiene impresionada. Vino elegantemente vestida, lleva el pelo corto, es divertida, alegre. Me pareció como si hubiera traído a Praga esa mezcla de encanto vienés y aquella frivolidad decadente tan típica de la capital austriaca. Sabes muy bien que no soy ninguna Cenicienta, pero Milena tiene mucho mundo.

Yo escuchaba a medias, ya estaba planeando mi trabajo. Mi sección sería una provocación en aquel periódico conservador. Mi equipo lo formarían feministas, algo muy necesario en Praga. Sería un soplo de aire fresco en el mal ventilado ambiente del viejo patriarcado austrohúngaro.

Y luego pensé que daría la palabra a las lectoras y ellas me enviarían sus recetas favoritas, que publicaríamos. De ese modo no me tendría que ocupar de la tediosa cocina ni de las recetas. No, de eso nada. Mi columna sería emancipadora, lucharía por la igualdad de la mujer, y también reflejaría la sociedad, así como la política y la cultura y sus necesidades.

Recogí mi abrigo del perchero y salí a hurtadillas de la redacción.

En mi mente ya se estaba formando la primera de mis columnas semanales...

Todo lo que hace una persona está relacionado con su sofisticación interior. Cómo mira y cómo se mueve, cómo lleva la ropa y cómo pone los pies, cómo sonríe y cómo aprieta la mano: todo surge de una única fuente, la riqueza y la integridad de su vida interior. No quiero decir en absoluto que el exterior no importe, al contrario. Solo creo que el exterior es el resultado de lo que hay en el interior.

2

En los días y semanas siguientes caminaba por Praga y todo acudía a mi encuentro: las calles, las casas, los parques, los árboles, todo me abrazaba... y yo me fijaba en los nuevos teatros y cines, en los salones de baile y clubes de jazz, en el ambiente festivo que reinaba en Praga y que tanto contrastaba con la melancólica, deprimente Viena, esa Viena que había perdido la guerra y con ella el imperio, dividido en Estados pequeños y frágiles –apenas unos bocados para los expansivos dictadores de los países más fuertes que aparecerán, no puede ser de otro modo–, esa Viena que se asentaba sobre la diminuta Austria como una cabezota sobre el cuerpo de un enano. Praga, en cambio se había convertido en la capital de un Estado pequeño pero independiente, y rebosaba energía y optimismo, originalidad e innovación. Me detenía en las librerías, que estallaban en las calles como campanillas de nieve tras un largo invierno, y me fijaba en los anuncios de las exposiciones de pintura cubista y expresionista y en todos los libros nuevos y las revistas de vanguardia, que publicaban poesía surrealista y formalista y a los representantes del poetismo checo; las paredes de las librerías estaban cubiertas de invitaciones a las charlas de Karel Čapek y los recitales de Vladimir Maiakovski, Marina Tsvetáieva y Jaroslav Seifert, a las exposiciones de Josef Čapek y Toyen, a los discursos de André Breton, carteles que colgaban no solo en las librerías, sino también en los tranvías, en los edificios públicos, en las farolas y en los quioscos. Vi que Praga era una ciudad que había renacido, segura de sí misma, y con ella yo también revivía.

3

–¿Por qué tan sola, Milena? Pareces una de esas mujeres melancólicas junto al agua vestidas con una túnica blanca que habitan los cuadros de Edvard Munch.

–Estoy mirando todo lo que pasa por aquí y tienes razón, es como un cuadro expresionista.

–Lástima que yo no sepa bailar.

–A mí también el baile me ha llamado la atención. Los bailarines me hacen pensar en sacerdotisas y sacerdotes de algún ritual antiguo –dije lo primero que se me ocurrió, mientras apoyaba la espalda en la barandilla del vapor que cortaba el Moldava.

Mi acompañante, un joven pintor del grupo de Mánes con el pelo rubio peinado hacia atrás con raya al medio, me tendió una copa de champán que había cogido de la bandeja del camarero.

–Chica, sabes muy bien que eres la única que puede permitirse decir metáforas gastadas, porque en tu boca nunca lo parecen, tú le das la vuelta a todo. Como en tus artículos. Eres genial.

En lugar de contestar, rocé su copa con la mía y le di la espalda. Apoyé los codos en la barandilla del vapor y observé a la gente que circulaba en bicicleta por la orilla o hacía pícnic, todos vestidos de blanco, como si se hubieran puesto de acuerdo.

En la cubierta de nuestro vapor, una banda de jazz, también todos de frac blanco, tocaba *Let's Misbehave*.

Oí que el rubio de la raya en el pelo me decía a mi espalda:

–¿Conoces a Jaromír Krejcar?

Negué perezosamente con la cabeza, sin darme la vuelta siquiera.

–Bueno, cuando te apetezca, te lo presento. Tenéis que conoceros –dijo y se alejó entre todos aquellos artistas e intelectuales que estaban de fiesta en la cubierta.

Me quedé de pie con el codo izquierdo apoyado ligeramente en la barandilla del vapor, mirando las olas y pensando en todo lo que había pasado últimamente.

Cada semana recibía cientos de cartas de las lectoras pero también de muchos lectores que me escribían desde Bohemia, Moravia e incluso Eslovaquia, contándome que cada semana esperaban mis artículos. ¿Qué opina Milena de la situación política actual? ¿Qué piensa Milena de tal o cual película? ¿Qué piensa sobre el matrimonio y el divorcio? ¿Qué piensa de nuestro país, del que ella y su equipo están desempolvando la rancia capa del Imperio austrohúngaro? Mi joven equipo contrastaba con el periódico conservador para el que trabajaba, y con ello ayudó a que el diario llegara a lectores que, de otro modo, no habrían puesto un dedo sobre él, se habrían limitado a taparse la nariz y pasar de largo. Había conseguido crear un suplemento con mi propia visión del mundo, con una filosofía de simplicidad lograda a través de la sofisticación, con un concepto de una nueva cultura de la vida.

El rubio volvió a sacarme de mis pensamientos. Venía con él un hombre de unos treinta años con el pelo castaño alborotado por el viento. Eso le sentaba de primera y él lo sabía. Ni siquiera pensó en retocarse el peinado. Llevaba una camisa azul a rayas con cuello blanco, un chaleco blanco y pantalones blancos de lino. Me miró fijamente con unos ojos que me hacían pensar en el grisáceo y brillante Moldava en constante movimiento.

El pintor rubio dijo:

–Milena, ya te he prevenido de que quiero presentarte a Mirek, es decir, a Jaromír Krejcar, el conocido arquitecto. Y Milena no necesita presentación, ¿verdad, Mirek?

–No, para nada –dijo el arquitecto, con la mirada clavada en mí–. Todo el mundo conoce las famosas recetas de Milena.

Enrojecí de rabia.

–¿Y qué magnífico regalo le ofreciste tú a Praga? –repliqué.

El pintor se dio cuenta de mi enfado. Intervino rápidamente:

–Pero Mirek, si todos leemos los artículos de Milena. No me digas que no los lees –añadió, casi suplicante.

–¿Debería? Pues lo haré si tú me lo aconsejas, Slávek –sonrió el arquitecto con sorna, su mirada gris recorrió al rubio y se detuvo de nuevo en mí–. ¿Y qué le he aportado yo a Praga? Apartamentos, casas. Lo que envuelve tu cocina, tu cuidado de la familia y tus muebles.

El arquitecto despeinado parece un gallo en una percha, me dije, y me dispuse a marcharme. Pero justo entonces el pillo me cogió por el codo y me arrastró a la pista entre los bailarines: estaban tocando una canción de Duke Ellington. Mientras bailaba con el pícaro sin pelos en la lengua, reconocí que la canción se llamaba *I Must Have That Man*.

Sonreí y, mientras taconeaba por la pista de baile, me propuse caprichosamente que tal vez haría honor al nombre de la canción. Si es que me apetecía un juego así.

Al día siguiente, al mediodía, sonó el teléfono de mi mesa en la redacción. Jaromír Krejcar me invitaba a irnos de excursión. Me esperaba en un taxi a la puerta de nuestra oficina. Semejante espontaneidad me entusiasmó y decidí corresponderle. Rápidamente les encomendé a mis chicas sus tareas, y Staša debía terminar mi columna inacabada. Afortunadamente, seguía los consejos que había dado a mis lectoras en cuanto a la forma de vestir y al calzado, y todo lo que llevaba era cómodo, práctico, informal. La melodía de *I Must Have That Man* resonaba en mis oídos mientras bajaba a saltos la escalera y me metía en el taxi.

Llegamos a Dobřichovice y allí despedimos al taxista, con la condición de que nos recogiera más tarde en el mismo lugar.

Krejcar me dio a elegir: ¿Damos un tranquilo paseo por el río Berounka o subimos al Hvížděnec?

No tuve que reflexionar mucho.

–¡Al monte!

En el bosque Krejcar se transformó; sus movimientos estaban en armonía con la naturaleza, trepaba ágilmente como un ciervo. Me confesó que era hijo de un guarda forestal.

En la cima de Hvížděnec extendimos una toalla blanca que Jaromír había traído en lugar de mantel y que relucía al sol. ¿Como qué? Como la camisa de Frank hace años, cuando subimos a la cima de los Bosques de Viena, pensé. Qué hermoso era entonces aquel lugar, con los ojos y los dientes de Frank, que brillaban en primer plano, y parecía que nada malo podría pasarnos nunca.

Observé cómo preparaba Krejcar aquel *déjeuner sur l'herbe*, como lo llamaba él, con vivo interés, mientras colocaba sobre la toalla (con sentido de la estética y la belleza) todas las delicias que había comprado (en la tienda *delicatessen* de Paukert) antes de recogerme. Se quitó el chaleco azul oscuro y se sentó en el suelo solo con su camisa amarilla. Doblé las piernas debajo de mí como una japonesa, pero sentarme sobre los tobillos no me resultaba cómodo, así que me senté en la punta de la toalla y no me importó que la falda se me subiera hasta más allá de las rodillas. Comimos montaditos y canapés de jamón, queso y ensaladilla, nos burlamos el uno del otro y reímos a carcajadas. Luego nos tumbamos en la hierba y tomamos el sol.

–¿Dónde está Všenory, Mirek?

–Justo delante de ti, si sigues la corriente del Berounka –dijo perezosamente.

–Ah, allí, esas casas dispersas con la pequeña iglesia y el castillo.

–¿Por qué lo preguntas? ¿Quieres que vayamos allí? –repuso, bostezando.

–Bueno, me gustaría... tal vez –respondí vacilante, pues no tenía el menor deseo de interrumpir el idilio campestre.

–¿Y no estamos bien aquí? –preguntó, apoyando la cabeza contra mi hombro.

–El otro día entrevisté a una poeta rusa que vive allí.

–¿Es guapa?

–Qué te parece si mantienes la boca cerrada, ¿eh? Pero el caso es que sí, es guapa. Ese tipo de belleza interior que ilumina el exterior. Emigró después de la revolución.

–Ah sí, esa es Milena y su idea de una rica vida interior, más bella que la juventud y la ropa de moda. Dicho en otras palabras, *voilà* el sermón de Milena.

Me hizo saber que leía mis artículos.

–Cállate, bobo, y no te hagas pasar por lo que no eres. Esa Marina Tsvetáieva es guapa y noble.

–*Oh là là!* –se burló Krejcar.

–Y es una poeta impresionante.

–¿Y por qué esa criatura mítica vive en Všenory, donde Cristo perdió la alpargata?

–Señor Jaromír, no me diga que no sabe nada del exilio de tantos intelectuales rusos ni de cómo les gusta la revolución, allí en Rusia. Pues sí, Marina es una exiliada. Su marido estudia en la Universidad de Praga y hace poco han tenido su segundo hijo, esta vez un varón. Primero vivieron en el barrio alto de Smíchov. Desde entonces, en sus poemas, escribe sobre la montaña como la realización del amor. Y cuando uno baja de la montaña, el amor termina.

–Bajar de la montaña... Pero si no queremos bajar de la montaña, ¿cómo volvemos a Dobřichovice para coger el taxi?

–Tendremos que quedarnos aquí para siempre –me reí.

Mirek me besó en la mejilla.

Añadí:

–Más tarde, Marina y su familia se trasladaron de Smíchov a Všenory, donde el gobierno checoslovaco les concedió una casa.

–Así que has estado en Všenory y has visto a los exiliados rusos que por la mañana cargan agua en cubos desde el pozo y por la tarde dan clases en la universidad.

–Me hubiera encantado ver eso, pero Marina y yo nos conocimos en Slavia. Es su café favorito, y está fascinada por el retrato que hizo Mucha de Josephine Crane-Bradley como la diosa Slavia.

–Bien. Esta noche iremos al Slavia.

–Tengo una idea mejor. Nos vamos a bailar al Alhambra.

La banda de jazz tocó *Rhapsody in Blue*, *Long Way to Tipperary* y otras piezas, pero faltaba algo. Después de un baile, le pedí al contrabajista si podían tocar una canción que me gustaba. Sonrió y levantó el pulgar: ¡cuenta con ello! Por todo el club de jazz ya sonaba *I Must Have That Man*.

Después del baile, Mirek me acompañó por el puente de las Legiones y la isla de Kampa nocturna hasta mi plaza Maltézské. Ni que decir tiene que a partir de entonces se quedaba conmigo. Llevó la toalla blanca de nuestro pícnic como primera contribución a nuestro hogar compartido.

Un día, en los Baños Amarillos, ambas en traje de baño azul, Staša con un divertido parasol japonés en la mano, nos acomodamos en unas hamacas que acercamos una a otra. Entonces le conté a mi amiga:

–Tuve que deshacerme de ese príncipe rojo, Schaffgotsch, que continuaba siguiéndome como una sombra. Como en Viena y Dresde, me buscaba por todas partes en Praga. Aprendió algunas palabras de checo, iba de café en café y preguntaba: «¿No *ésta* Milena?», «¿has *vistó* Milena?». Incluso aquí le pusieron el apodo de «NoestaMilena». Y yo había dejado de respetarle hace mucho tiempo. Cuando conocí a Jaromír, envié a Schaffgotsch de vuelta a Viena.

–¿Le echaste a causa de Mirek? –preguntó Staša sin rodeos.

–N-no exactamente. Más bien... Con él fue la primera vez en mi vida que pasé algún tiempo con alguien que tenía un discurso interior diferente del mío.

–¿Te resultaba indiferente?

–Absolutamente.

–¿Incluso ahora que ya se ha ido?

–No, se trata de otra cosa, Staša. Estoy muy contenta de que se haya ido y estaría muy asustada si volviera.

En mi nueva confianza, me eché a reír ante esa afirmación. Ambas nos carcajeamos. Jaroslava, que acababa de llegar, nos sacó una foto.

–Es injusto –me dijo Staša, riendo a mandíbula batiente.

–Lo es. Pero una persona no debe ser la sombra de nadie –dije, pensando en Frank, Ernst y Mirek. Hombres a los que respetaba. Y añadí–: Además, Jaromír también rompió con su prometida.

Ese periodo no lo viví, lo pasé bailando.

Publiqué tres libros, uno de los cuales se lo dediqué a mi padre. Ya no quería enfadarme, me parecía que el mundo entero era amable, simpático y alegre. Mis libros fueron un éxito; mis columnas, aún más. Jaromír y yo nos mudamos a la calle Spálená, donde todos los sábados organizábamos ruidosas veladas para artistas e intelectuales praguenses. Incluso el temido crítico Šalda se hizo subir una vez en su silla de ruedas hasta nuestras alturas porque no teníamos ascensor. Cuando se quedó un momento a solas conmigo, me dijo:

–Mujer, eres una periodista de primera. Pero cuidado con escribir una novela. Ni se te ocurra.

Fue como si me leyera el pensamiento; quise intentarlo. Al final, no estaba segura de si debía tomarme en serio su advertencia o si me lo había dicho porque era una mujer. En cualquier caso, me disuadió de la idea de embarcarme en la ficción.

Por capricho nos íbamos a la montaña. Como el primer día, Mirek siempre me llamaba a la redacción, llegaba en taxi y nos largábamos a los montes Tatra, en Eslovaquia.

Nos casamos. Había olvidado mi columna en la que escribí que no había que exigir que un matrimonio nos hiciera felices. Era tan dichosa como nunca lo había sido, y quería más.

7

«Soy como un iceberg que anhela una brisa cálida», cantaba mi grupo de jazz favorito en el Alhambra de la plaza de Wenceslao. ¿Por qué iba un iceberg a anhelar calor? ¿Por qué no asumir simplemente que es un glaciar?

¿Por qué queremos más y más felicidad, por qué somos tan inmodestos? ¿Por qué no nos contentamos con lo que tenemos, sobre todo si somos felices?

Me quedé embarazada.

Lo había buscado y Jaromír también. Pero me encontraba mal.

El médico amigo de mi padre me dijo:

—Pero no sea tan sensible, señora Milena. La indisposición forma parte de su estado, es normal, no se angustie tanto.

Y no me mandó a hacerme ningún análisis de sangre.

Intenté seguir su consejo, pero me seguía encontrando mal. Por eso fuimos una vez más a la sierra de Šumava, al hotel Špičák. Yo estaba a punto de dar a luz, pero de todos modos escalamos montañas.

Una vez fuimos de excursión al lago Negro, debajo de un glaciar. Por consejo del médico, intenté comportarme con normalidad. Antes solía saltar de roca en roca sobre el lago como una bailarina de pies ligeros. No lo intenté durante el embarazo, pero al menos subía y bajaba por las piedras en busca de nenúfares. En un peñasco alto, no me fijé que unas algas húmedas cubrían la piedra y resbalé al lago. Mirek me observaba desde la orilla. Mi primera sensación fue que no me había hecho daño, pero me estaba quedando helada. Y me dolía la rodilla. Salí del agua, me acerqué a Mirek y me sequé. Emprendimos el camino de vuelta. Llegué al hotel con escalofríos. Mirek llamó inmediatamente un taxi para que nos llevara a Praga y avisó a mi padre.

Llegamos al hospital y mi padre ya nos estaba esperando. Tuve un parto difícil, y mi padre pasó días y noches conmigo. Pero el dolor de la rodilla no remitió ni siquiera después de dar a luz a una niña, Jana. En casa la llamamos Honza.

Me hubiera gustado estar siempre con aquella bola de carne que lloraba y que solo se calmaba en mis brazos. Pero no tenía fuerza; estaba enferma.

Los análisis de sangre mostraron que tenía septicemia. Causada por una enfermedad venérea.

Debí contagiarme de mi marido. No había otra opción.

La pierna que quedó dañada en el peñasco del lago me dolía cada vez más; me la escayolaron. Pasé meses con la pierna en alto. Escribí artículos, me dediqué a la correspondencia, aunque mi escritura ya no resultaba tan fresca y apasionada como antes. Estaba preocupada, me esforzaba, pero dentro de mí solo encontraba vacío. Incluso después de quitarme la escayola, no podía pisar el suelo, y mucho menos doblar la rodilla. Jaromír y yo decidimos que me sometería a fangoterapia en Eslovaquia, y mi padre estuvo de acuerdo. Dejamos al bebé con él. Por ahora, porque nunca aceptaría que mi padre criara a mi hija con el espíritu de un estricto patriarca austrohúngaro.

Después de cada baño en el barro curativo, los médicos intentaban doblarme la pierna por la rodilla. El dolor resultaba insoportable. Mi padre empezó a traerme morfina. Aquel tratamiento fue una experiencia traumática para mí.

En el sanatorio todas las noches sonaba música gitana. Me irritaba, hasta hoy no puedo ni oírla, la asocio con el dolor y el malestar insoportables de cuando me faltaba la morfina. Solo con oír el cantar gritón, el címbalo y el violín gitano, me sumo en la depresión.

Fue entonces cuando escribí a mi amiga Jaroslava, que también formaba parte de mi equipo de colaboradoras en las páginas femeninas de *Národní listy*:

Querida Slava:

Tienes que volver a ayudarme, Slava. Me echan la culpa por no vigilar a mis colaboradoras en Národní listy. *No puedo perder el empleo y admito que tengo que trabajar más. Verás, quiero empezar una columna, «La mujer en el arte, el trabajo y el deporte», y busco reportajes breves de todos los ámbitos de la vida que puedan agruparse bajo este título.*

Sigo tumbada como antes y me sigue doliendo la pierna igual, mis progresos son como los de un caracol, mi paciencia se nutre de esas ampollas de morfina, siento que estoy en el fondo de algo que no puedo abarcar. Ya no sé cómo es el mundo desde una posición vertical. Infeliz no es la palabra adecuada, pero me siento, y estoy, devastada.

Tuya,

Milena

Me desperté en medio de una noche. Jaromír no estaba en la habitación. Encendí la lámpara de la mesilla de noche y vi un objeto negro junto a los medicamentos. Lo miré de cerca: era un revólver. No entendí nada. Entonces se me ocurrió que Jaromír no podía aguantar más a una mujer enferma y por eso había colocado el revólver a mi lado.

A la mañana siguiente, el revólver había desaparecido y Jaromír dormía plácidamente en la cama a mi lado.

Por entonces, dejé de entender cómo había podido disfrutar tanto de nuestra vida común.

Durante días este revólver me obsesionó. ¿Qué pretendía Jaromír? ¿Era quien yo pensaba o un desconocido cuyas motivaciones yo ignoraba? Empecé a verlo como alguien extraño y a desconfiar de él.

¿Había conocido alguna vez a un hombre con el que pudiera contar?

9

En el otoño de 1929 comencé lentamente a volver a la vida.

Cojeaba, había engordado unos kilos, era adicta a la morfina: todo esto me cambió tanto que dejé de ser aquella chica de pies ligeros, aquella bailarina que se abría paso por la vida danzando. Ahora me sentía torpe, patosa, huraña. Tenía treinta y tres años y caminaba con un bastón, sin esperanzas de librarme de él.

También abandoné el *Národní listy* porque durante mi enfermedad mi equipo se había disuelto. Recibí una oferta del *Lidové noviny*, donde me pedían que volviera a dirigir la sección femenina. Les rogué que me asignaran cultura, política o sociedad, pero todo fue en vano; alegaron que esas secciones eran solo para hombres. Ya no era una joven periodista eufórica; ahora escribía sobre todo acerca de mis experiencias en el sanatorio y en los hospitales. Mis artículos se volvieron serios, deprimentes, angustiosos. Los lectores se cansaban y la dirección de *Lidové noviny* estaba preocupada.

Una vez escribí un artículo sobre la adicción a la morfina, en el que demostraba mi profundo conocimiento de las drogas y mi experiencia personal con ellas. Al día siguiente, el director del periódico me llamó, no me ofreció un cigarrillo, ni se encendió él mismo uno, ni echó humo por la nariz. Simplemente me mostró una silla. Me senté y él me despidió de inmediato. Al parecer, mi artículo sobre las drogas ofendió a los lectores de las zonas rurales.

Nos trasladamos a la avenida Francouzská, a un gran piso que tenía varios balcones y terrazas con vistas a Praga. Jaromír diseñó la vivienda para su familia: para nosotros dos y la pequeña Honza, además de los invitados. Le recomendé que separara su estudio y su dormitorio para que cada uno pudiéramos habitar nuestra propia parte del apartamento, como cuando vivía en Viena con Ernst. Solo compartíamos el enorme salón con una chimenea que no usábamos porque desprendía mal olor y con unos muebles minimalistas de la Bauhaus que eran incómodos. Las paredes de cristal daban a los balcones y proporcionaban una sensación de frío diez meses al año.

Pero ¡los balcones y la terraza! Los arreglé a mi gusto con grandes macetas llenas de arbustos que se llenaban de flores. También cabía allí un pequeño arenero de Honza. Nuestros invitados solían llamar a los balcones los jardines colgantes de Milena. En el terrado había espacio para fiestas con baile, que organizábamos con frecuencia.

Aquellos jardines de flores en la terraza y nuestro gato eran un consuelo para mí. Pero sobre todo la pequeña Honza. Aunque tenía la sensación de que no sabía mostrárselo.

Y entonces, en 1934, Jaromír partió de viaje de trabajo a la Unión Soviética. Por mucho, demasiado tiempo.

10

–Petřín, volveremos a subir la montaña –dijo Jaromír en el taxi.

Era el año 1939. Había invitado a dar un paseo a mi exmarido porque unos años Jaromír me había pedido el divorcio para poder casarse con otra mujer. Ahora quería saber cómo le iba. Y cuál era nuestra relación.

Jaromír rozó mi mano.

Sin embargo, a mí no me apetecían sus caricias.

–Cuando era muy pequeña –dije–, con mis padres veníamos a pasear por la rosaleda de Petřín. Y de niña me encantaba el laberinto del mirador, ¿a ti no?

Jaromír apartó su mano sin contestar. Al relacionar la montaña con mis padres y no con él le di a entender que no tenía ganas de intimidades. Que no quería volver al pasado. Hacía años que no nos mirábamos a los ojos con franqueza y yo sentía agudamente esa falta de compenetración. Había propuesto subir a Petřín porque tenía ganas de romper el hielo entre nosotros, además de realizar la misión que debía cumplir allí.

El taxi nos llevó desde Malá Strana hasta la torre del mirador de Petřín, esa pequeña torre Eiffel praguense. Sin duda, podría haber subido a pie. Sin embargo, cuando sugerí que subiéramos andando hasta la cima de Petřín, percibí impaciencia en los ojos de Jaromír.

Y evitó mirar mi bastón.

Escalar montañas era algo importante en mi vida. Pasé mi primera noche de amor con Ernst en Špičák, en Šumava. Durante el primer día de nuestro encuentro, Frank y yo subimos a la montaña más alta del Bosque de Viena y nos tumbamos juntos bajo un árbol. Jaromír y yo organizamos pícnics en las colinas sobre el río Berounka y luego en los montes Tatra. Y ahora, tras su regreso de la Unión Soviética a la Praga donde en cualquier momento podía estallar la guerra, tomamos un taxi hasta el jardín de los rosales, la cima de la montaña. Una vez aquí ya no hay subida posible, solo descenso. Yo lo sabía y Jaromír seguramente también.

–¿Cómo está tu padre, Milena?

–Bien.

–¿Sigue trabajando tanto?

–Igual.

–Genio y figura hasta la sepultura –sonrió.

Permanecimos en silencio mientras descendíamos lentamente.

Me vinieron a la memoria los versos de mi conocida poeta Marina: «Nuestra relación se derrumbará en las profundidades bajo la colina».

11

Mientras bajábamos de la colina hacia el castillo de Praga, me asaltaron los recuerdos de mi vida con Jaromír y sin él. Cuando en mis pensamientos llegué al momento de su viaje a la Rusia soviética, dije:

–Y entonces tú, Mirek, te fuiste a la URSS.

Descendíamos lentamente por la plaza de Pohořelec hacia el Memorial de la Literatura. Jaromír no podía saber lo que yo estaba pensando, porque él también reflexionaba sobre algo, con las cejas fruncidas. Sin embargo, mi disparatada frase le pareció lógica.

–Mmm, eso fue un error, no debería haber corrido hacia allí como en una estampida –musitó mientras pateaba las hojas otoñales caídas por el camino.

–Fue un error, pero los dos estábamos encantados con el sueño comunista.

–La religión comunista.

–Mi padre siempre me decía que me alejara de los comunistas. Pero yo no tengo costumbre de hacerle caso.

–Hay cosas que tienes que experimentar por ti misma.

–Exacto. Hasta que no lo vives en la propia piel, la cosa no existe.

–Rusia es un país extraño, Milena. Nunca acabaremos de entenderlo, por mucho que nos fascine.

–Y sin embargo encontraste allí un nuevo amor, te casaste...

–Mira, Milena, en primer lugar, gracias por aceptar nuestro divorcio. No lo harían todas las mujeres.

Me encogí de hombros. Pensé para mis adentros que nuestra relación matrimonial ya estaba estropeada cuando él se había marchado a Rusia, las discusiones estaban a la orden del día. Así que preferí quedarme sola con Honza en Praga a que nuestra hija creciera en un ambiente de discusiones perpetuas. ¿Y por qué iba a oponerme al divorcio?

Además, ¿es que alguna vez había dejado de ser amiga de Mirek?

¿Acaso había dejado de ser la amiga de alguien? Desde que me fui de Viena Ernst y yo no habíamos cesado de escribirnos. Me despedí de Frank poco antes de que exhalara su último suspiro. Y guardaba con sumo cuidado sus diarios, que me había confiado. Así que, ¿por qué no iba a ser amable también con Mirek?

Él recogió una hoja otoñal del suelo, la hizo girar entre sus dedos y continuó:

–¿Un nuevo amor? Lo fue. No lo niego. ¿Quieres saber cómo ocurrió?

No tenía ganas de entrar en confidencias sobre relaciones íntimas.

–Como quieras. Todos los amores empiezan igual, ¿no crees? Pero si necesitas compartir algo conmigo, estaré encantada de escucharte, lo sabes, Mirek, ¿verdad?

–Gracias, amiga. Alguien te llamó Madre Milena, ¿no? ¿Fue Kafka? ¡Qué razón tenía!

Dije en voz baja, más para mí, porque no quería que Jaromír tomara mi pensamiento como un reproche:

–No sé cómo soy yo, pero es un hecho que Kafka supo ver allí donde los demás eran ciegos.

Pero Jaromír me oyó y dijo:

–Durante años has estado guardando las cartas que te escribió. ¿Todavía tienes el paquete?

–Después de la traición de Chamberlain en Múnich el año pasado, supe que la cosa irá mal. Y entonces...

–Va muy mal todo, Milena –me interrumpió–. Tengo miedo.

–Como todo el mundo. Parece que este país está perdido.

–Tal vez habrá guerra.

–No me extrañaría. Bueno, pues como sabía que la cosa no pintaba nada bien, esta primavera, cuando los nazis establecieron el Protectorado de Bohemia y Moravia, le entregué las cartas a Willy.

–¿Schlamm?

–No, Haas. Lo conozco desde que era joven; era amigo de Ernst, pero también mío y de Franz. Haas se ha exiliado y su familia esconde las cartas. Queremos publicarlas en cuanto sea posible. Si los nazis las encuentran, las destruirán. No te olvides de que Kafka era judío.

Jaromír seguía girando la hoja rojiza entre sus dedos mientras decía:

–Todavía debes de recordar que los rusos se mostraron muy interesados en mí cuando me ofrecieron que elaborara los planos de los nuevos edificios del balneario de Kislovodsk. El embajador casi se arrodilló ante mí para convencerme.

—Por supuesto, Mirek, cómo no me voy a acordar.

—Después de llegar a Kislovodsk realicé los correspondientes planos, pero nunca se concretó nada, nada. ¿Entiendes?

—¿Por qué?

—Porque no dejaban de darme la lata con las instrucciones del Partido: la arquitectura no debe ser demasiado moderna, debe satisfacer las necesidades del pueblo. Y mis proyectos seguían siendo demasiado atrevidos para ellos. Así que no se construyó nada. ¡Nada, nada, nada! El comunismo no funciona, Milena. Pero no solo no funciona, sino que es una ideología esclavizante. Esa es la conclusión a la que llegué en Rusia.

Jaromír me leyó el pensamiento. Había tenido experiencias similares en los últimos años. Asentí con la cabeza. Jaromír me miró para asegurarse de que le entendía. Cuando estuvo seguro, continuó:

—Bueno, en la Unión Soviética me asignaron a una letona joven y guapa, Riva, como intérprete personal. Nos enamoramos, por supuesto.

—Y a las autoridades les salisteis rana —me reí alegremente.

—Sabes, al principio yo también lo pensé, pero al final llegué a la conclusión de que nos habían tendido una trampa. Sí, una trampa porque lo que buscaban era retenerme allí. Y Riva estaba siendo presionada por la policía secreta para delatarme. Se lo prometió, o al menos eso hizo ver. No pudo evitarlo, habían liquidado a su hermano y no quería que lo pagara nadie más de la familia. Y entonces planeamos nuestra fuga. Era casi imposible. Así es, Milena, una vez que estás en sus garras, es difícil escapar. Y no debemos olvidar que en Rusia en este momento hay una purga organizada por Stalin, que ya dura años. Solo conseguimos salir del país porque Riva conocía a las personas adecuadas y sabía cómo hacerlo.

No me perdí ni una palabra de la historia de Jaromír, cada frase suya taladraba profundamente mi cerebro.

—Te creo completamente, Mirek, mi experiencia con el Partido Comunista es la misma. No con los individuos, que a menudo se trata de idealistas inexpertos que desean el fin del nazismo y la igualdad para todos, sino con el Partido como institución.

—El Partido Comunista tiene un potencial despótico.

—Es una tiranía.

Llegamos al Muro del Hambre. Miré a mi alrededor, estábamos solos. Saqué del bolso varios sobres abiertos con cartas. Encontré un lugar en el muro donde había una piedra suelta y rápidamente metí los sobres detrás. Eran las cartas más acerbas contra los nazis de mis amigos más cercanos. Si la Gestapo registraba mi casa, no encontraría las cartas.

Jaromír observó mis maniobras, que solo duraron unos segundos, no hizo preguntas y yo no le expliqué nada. Puse la piedra en su sitio y retomé la conversación.

—Bueno, llegamos a esa conclusión un poco tarde.

—Tarde, sí, pero mejor tarde que nunca. Después de todo, esa estúpida cabra de Gusta Fučíková nos metió en esto, ¿recuerdas, Milena, que se quedó viviendo en casa durante meses?

No quería ni pensar en Gusta, Jaromír la había descrito con exactitud. Pero recordaba a su marido Julius con cariño; se había prendado de mí hacía aproximadamente un año, y el afecto era recíproco. Con aquel hombre alegre y buen periodista solíamos sentarnos en los cafés y hablar durante horas. ¿Cómo podía aquel joven fresco y vivaracho enredarse con los comunistas? Era como Jaromír y yo, buscaba la justicia. La adoración que me profesaba me aportó confianza en mí misma. Y al final, le devolví su pasión.

—La cabra de Gusta Fučíková —me reí.

Sobre todo me hizo gracia eso de la cabra, un término que Jaromír probablemente trajo de Rusia; en checo diríamos más bien gallina, oca o vaca. De todos modos, cabra cuadraba. Pero no quería seguir hablando de Gusta.

Mi bastón se atascó en el barro. Lo saqué con cuidado y, para no llamar la atención, pregunté por la mujer de Jaromír, Riva.

—Mi matrimonio con Riva no es ideal, Milena, no creas. Pero ¿cómo voy a dejarla si la traje aquí y está sola? Así que no puedo alejarme de ella. Casi todos los días nos peleamos por algo. Pero no es una comunista, eso no.

—A causa de escribir para la prensa comunista tuve una gran disputa con mi padre. Ya sabes, ¡él y los comunistas! Ahora me rasgaría las vestiduras de lo desquiciada que estaba.

—Nos engañaron, Milena. Y nosotros lo permitimos. ¿Y cómo te fue con el periódico comunista para el que escribías? ¿Simplemente te fuiste y rompiste el contrato?

—No. Tengo un amigo, Evžen Klinger, un comunista eslovaco que cayó en desgracia y fue tachado de trotskista. E imagínate que el director de *Svět práce* me ordenó, y fíjate lo que te digo, eso es exactamente lo que hizo y lo que dijo, me ordenó que me deshiciera de él y cortara todo contacto.

—Y conociéndote, Milena le dio una bofetada.

—Me conoces como la palma de tu mano, eso es exactamente lo que pasó. Por suerte no tenía contrato, así que después de esa bofetada sonora di un portazo en la redacción del periódico y me largué de allí.

—Te imagino perfectamente.

—Entonces me tomé un café con Olga Scheinpflugová y con Karel Čapek y, tras haberles contado mi experiencia, Karel me dio una palmada en el hombro y se rio. Y luego dijo: «Odio, ignorancia y desconfianza como fundamento, ese es el mundo psicológico del comunismo; un diagnóstico médico diría que es negativismo patológico. Y si uno se convierte en masa, es más fácilmente susceptible a este contagio».

12

—¿Quién es este Evžen Klinger y qué pasa con él? —preguntó Jaromír tras una breve pausa.

—¿El pobre tipo?

—¿Es un pobre tipo? Pero ¿qué dices, por qué?

—La cosa sucedió así. El Partido me envió a ver a ese funcionario eslovaco para comprobar cómo estaba. Lo encontré en un sótano húmedo que le había asignado el Partido. No vivía allí, malvivía, moría. Periódicamente iba enviando cartas a las autoridades y a sus interlocutores en el Partido para que lo sacaran de allí, pero las ignoraron. Así es como el Partido trata a sus miembros. Inmediatamente llevé a Klinger al hospital, donde lo curaron hasta cierto punto. Luego lo llevé a mi casa para cuidarlo. Bueno, ¿y qué crees que pasó?

—La Madre Milena hizo un trabajo perfecto y hoy Klinger está como nuevo.

—¿Y qué más?

—¿Qué más? Oh... Claro, es obvio. Dejó al Partido que quería asesinarlo y se enamoró de su salvadora. ¿Estoy en lo cierto?

Le respondí con una carcajada. Hacía tiempo que había perdido la costumbre de hablar con los hombres de mis amores. Si hay algo que no entienden es esto. Para qué contar las ganas de vivir que me había proporcionado ese hombre extraordinario, apuesto y diez años menor que yo que se enamoró de mí, una mujer coja. Pero al final, decidí recompensar a Jaromír por su franqueza.

—Klinger sigue viviendo con nosotras, conmigo y con Honza...

Jaromír me interrumpió:

—Perdona que te interrumpa, pero ¿todavía tienes aquella bolita de cristal?

—Honza jugó con ella durante toda su infancia, hasta hace poco. Y aún no la ha perdido —sonreí.

—Estupendo. Y perdona que te haya interrumpido.

Intuí que Jaromír me interrumpió porque le incomodaba que Klinger viviera con nosotras. Con su hija y su exmujer. Reduje la historia al mínimo:

–Te he dicho que Klinger vive con nosotras, y Honza y yo estamos cómodas con ese arreglo. Es una relación tranquila y amistosa. Honza, que deseó tener un padre todo el tiempo que estuviste fuera, encontró en él no un padre exactamente, pero sin duda un osito de peluche con el que jugar –sonreí.

–Suenas un poco... cantarina al respecto.

–¿Cantarina? ¿Qué quieres decir?

–Como si cantaras odas. Bueno, ¿te vas a casar con él?

En su voz oí un malestar cuidadosamente disimulado que surgía de verse desplazado por otro hombre con el consentimiento de su mujer y su hija.

–Klinger se va a Londres, ya tiene el visado. Además, no hay necesidad de estropear una amistad con compromisos matrimoniales, ¿no crees?

–¿Y a ti te dejará aquí a merced de los nazis?

La voz de Jaromír crujía de forma poco natural al hablar de Klinger. ¿Y no pretendía incluso denigrarlo un poco? Respondí lo más amablemente que pude:

–Soy yo quien se queda. Intentó convencerme para que me fuera con él. Él, como antiguo comunista y además judío, debe salir de aquí cuanto antes. Pero Mirek, tienes que pensar que Honza y yo somos absolutamente necesarias aquí. Imprescindibles.

–¿Por qué imprescindibles?

–En la resistencia.

–En la resistencia... ¿incluso nuestra pequeña Honza?

–Sí, Honza también –dije con firmeza.

Y para que él no protestara por el peligro que podía correr su hija, añadí rápidamente lo primero que se me ocurrió:

–¿Y qué piensas de mi compañerismo con Klinger?

–Eso te ronda por la cabeza desde hace mucho tiempo, una vez escribiste un artículo que se me ha quedado grabado. Que la gente vive junta para tener un compañero. Para tener a alguien en la soledad del mundo que valide la legitimidad de su existencia con todos sus defectos y carencias, porque ¿qué es la amistad sino el apoyo de una autoestima mermada? Pero ya no me acuerdo sobre qué seguía. ¿Cómo era?

–Decía que la mayor promesa que una mujer puede hacerle a un hombre, y un hombre a una mujer, es esa frase profunda que se dice a los niños con una sonrisa: ¡No te abandonaré! En esa frase está todo, la lealtad de una persona a otra, la veracidad, la decencia, la pertenencia y la promesa de amistad. Esa frase es como un hogar.

13

Jaromír caló su sombrero en la frente. Entonces volvió a agacharse a por otra hoja otoñal caída y esta vez me la entregó como si fuera un ramo de rosas envuelto en papel fino con un gran lazo.

–Estás estupenda, Milena. Se te ve sana, fresca, atractiva.

–Pero el bastón... –dije y arreglé el cuello de mi vestido bajo la gabardina; hacía tiempo que había dejado de pensar en la última moda y solía llevar vestidos clásicos de un azul oscuro con cuello blanco.

–Es tu toque de distinción. Y Honza me ha contado que estás bien y ya no necesitas morfina.

Había llegado mi momento de presumir.

–En febrero del año pasado, mi viejo amigo Jiří Foustka, al que conoces y quizá hasta recuerdes, me llevó al psiquiátrico de Bohnice para una terapia de desintoxicación. Permanecí allí diez días y salí libre de aquella terrible esclavitud. El médico que me atendió escribió en su informe que me comporté heroicamente.

–Haberte librado de la dependencia te ayuda incluso desde el punto de vista económico. ¿Y dónde estaba Honza mientras tanto?

–¿Honza? En casa de su abuelo, claro, ¿dónde si no? –me asombré ante la pregunta. Mi situación económica es una preocupación perpetua, no te creas. Soy una divorciada y por eso madre soltera y, además, ayudo a tantos amigos... A menudo tengo familias judías enteras alojadas en mi casa, gente de fuera de Praga que aguarda visados para ir a Londres. Las ayudo con la tramitación de sus visados, tengo una red. Siempre lo hemos hecho juntos, tú y yo, ¿verdad? Apoyábamos a los necesitados. Yo sigo haciéndolo.

El dinero no me sobraba, pero Jaromír tenía razón, una cosa me llenaba de satisfacción: por fin me había convertido en una periodista que trataba los verdaderos temas de su época. Desde 1936 trabajaba para la revista mensual de Ferdinand Peroutka, *Přítomnost*, y un año después había conseguido un contrato fijo en ella. Hacía mucho tiempo de mi amistad y colaboración con Peroutka, un gran periodista e intelectual, el mejor escritor de columnas políticas del país y un verdadero demócrata. La confianza mutua era total. A los cuarenta años conseguí lo que siempre había deseado: escribir artículos políticos, reportajes sobre la sociedad contemporánea, crónicas de la actualidad política y cultural, en un momento en que Praga se había convertido en la capital de la inmigración antifascista procedente de Alemania y Austria, y acogía a los inmigrantes con los brazos abiertos, como quince años antes había brindado la bienvenida a los exiliados rusos después de la revolución.

Jaromír me preguntó:

–¿Y a quién ayudas ahora?

–Hay nuevos inmigrantes, viven en la miseria y la desesperación. Yo misma también fui una extranjera desarraigada en Viena, fue duro, pero mi experiencia no se puede comparar con su penuria.

–¿Cómo y dónde los has conocido, Milena?

–Los visito para escribir sobre ellos.

–¿Y no es desagradable, y quizá un poco intrusivo, visitar a esa pobre gente?

–Tienes razón, es una intromisión y soy consciente de ello. El papel de un reportero es parecido al de una hiena, así lo he admitido públicamente.

–¿Una hiena? Exageras.

–En absoluto. Lo he confesado para limpiar mi mala conciencia. Un reportero entra en las casas de los pobres y miserables con un cuaderno y anota sus tribulaciones. Si lo hiciera sin un atisbo de esperanza de que las palabras impresas ayuden, no valdría ni un apretón de manos. Y pido disculpas a todos los que visito por mi curiosidad y mis preguntas invasivas. Porque a menudo me parece que aquellos a los que interrogo lo viven con dolor y lo consideran una injerencia y una impertinencia. Mientras que otros se alegran de contar las desgracias y las injusticias que les han ocurrido.

–Lo siento, Milena, no me lo puedo imaginar.

–¿Quieres un ejemplo? ¡Hay tantos! Pero mira, te daré uno que vale por todos. En una calle tranquila de Vinohrady, en mi calle, de hecho, la calle Kouřimská, ya la conoces, me paró un hombre. Vestía harapos, pero no mendigaba. Supongo que hace falta valor para que un judío mendigue. «¿Habla alemán?» «Sí.» «¿Es usted judía?» «No lo soy.» Fue sin duda su extraña pregunta la que me hizo retroceder tras su decepcionada espalda, pues me di cuenta de que aquel hombre no se atrevía a pedir ayuda a alguien que no fuera judío, incluso en medio de Praga, en medio de Europa, en una tranquila y soleada tarde de 1939.

Jaromír suspiró. Yo también tomé aire, pero solo para continuar:

–Sabes, Mirek, he vivido en Viena, Praga y Dresde, tengo amigos checos, austriacos, eslovacos y alemanes, y debo decirte que la vieja Europa central, con su mezcla de naciones, creencias, religiones, tradiciones, etnias, con eslavos, alemanes, judíos y húngaros, además de rumanos y polacos y ucranianos y muchos otros, todos en una convivencia, a veces pacífica y a menudo conflictiva. Sin todo eso no seremos nada, buscaremos en vano nuestra identidad. Y nuestra esencia. Seremos como un ciego que golpea un arbusto con un palo.

Entonces golpeé un arbusto de color otoñal con mi bastón para ilustrar la idea. Antes habríamos estallado en carcajadas, ahora nos limitamos a sonreír.

Como si fuera un anciano centenario que contemplaba el enjambre humano desde lo alto de una montaña, recordaba todo lo que había pasado. Tenía ganas de decir, con Baudelaire: «Tengo más recuerdos que si tuviera mil años».

Pensé en Ernst Polak, fugitivo de Viena, donde el antisemitismo hacía estragos. Había llegado a Praga, a su propia ciudad, pero pronto tuvo que alejarse incluso de aquí, de esta sociedad a la que estaba acostumbrado. Le ayudé a conseguir la documentación para emigrar a Inglaterra, desde donde me escribía cartas diciéndome que se sentía muy solo e inútil. Pensé en Frank, que previó todo esto, incluidas las ideologías deshumanizadoras, el comunismo y el nazismo, y escribió sobre ellas en sus novelas y relatos alegóricos, y murió también por esto, precisamente porque lo sabía. Y recordaba a Evžen Klinger, que hacía poco languidecía en su sótano.

Pero sobre todo pensé en Willi Schlamm, que me recordaba a Frank, era tierno y amable y temeroso, pero también firme, como él; en Willi, cuyos ensayos profundos y bellos y sensibles traducía y publicaba, igual que me ocupaba de los artículos de Ernst, igual que en su día había leído y me había ocupado de la obra de Frank. Pensé en Willi, en ese doble de Frank, a quien también le conseguí los documentos para salir al extranjero, y desde mi montaña vi lo doloroso que fue separarme de él, como lo fue de Frank. Solo Willi lo había podido sustituir, y solo hasta un cierto punto.

Ya el verano anterior le había escrito desde el altiplano de Bohemia-Moravia, donde me encontraba de veraneo con la pequeña Honza:

No veo salida. Nada de lo que sucede puede salir bien. Pero venga lo que venga, ¿ves alguna posibilidad para este país? Yo no la veo. No suelo ser pesimista. Pero nada de lo que pueda ocurrir en poco tiempo será bueno para nosotros. Es probable que esa paz gloriosa de Chamberlain solo pueda preservarse si se sacrifica Checoslovaquia. O la paz no se preservará, e incluso entonces Checoslovaquia dejará de existir. Todo lo que hacemos y todo por lo que trabajamos está envenenado por la certeza de que tendría que ocurrir un milagro para mantenernos con vida. Cuando miro a Honza, a veces me desespero. En el cine ponen un anuncio de máscaras antigás para niños; no sabes la ansiedad que se apodera de mí al ver esa publicidad de mal gusto.

Alégrate de haberte ido. Comienza una terrible expulsión de los inmigrantes políticos, especialmente de los ciudadanos austriacos. Les dan un plazo de tres días y tienen que marcharse. ¡Si no lo hacen, son deportados a Alemania o Austria hasta la frontera! Después, ¡directos a los campos de concentración!

Mientras descendíamos de la colina de Petřín, Jaromír recogió dos manzanas que habían rodado hasta nuestros pies. Las examinó, las limpió y me tendió una. Las comimos juntos en silencio. La mía estaba agria y tenía un gusano, pero me refrescó.

—Y ¿para qué periódico escribes ahora, Milena, todavía para *Přítomnost*, incluso después de que detuvieran a Peroutka?

—Tras su detención, dirigí *Přítomnost*, algo que no fue fácil debido a la censura. En septiembre los nazis prohibieron la revista. Pero en esta época del Protectorado se han creado nuevas revistas clandestinas. Yo escribo para una de ellas, se llama *V boj*, «en lucha».

—Sí, la vi en tu casa, y Honza tenía una bolsa llena de ellas. ¿No crees que te estás poniendo en peligro, y a Honza también?

—Yo lo veo de otra manera. Esta vez me necesitan, y haré lo que pueda. Honza me está ayudando con la distribución. Que ella nos ayude es bueno para la lucha antifascista, pero también para la niña. Estará preparada para toda la vida, sabrá distinguir el mal y luchar contra él.

Mientras hablaba me di cuenta de que mi hija se había convertido en mi amiga. La necesitaba como nunca antes.

–Milena, quizá no te das cuenta de lo peligroso que es tu adversario, la Gestapo. Y me parece que no sigues lo suficiente las reglas de la conspiración. No puedes dejar esa revista tirada en la mesita de tu casa. Seguro que la Gestapo te pisa los talones.

–¿No exageras, Mirek? Solo soy una periodista corriente, no una conspiradora que tiene por objetivo asesinar a Hitler.

–No tienes suficiente experiencia, lo siento. A Peroutka ya lo han cazado. Y sé lo rigurosamente organizadas y estrictas que son las dictaduras, lo vi en Rusia. Además, tú no eres una periodista corriente, sino una heroica resistente que lucha con la pluma. Te persiguen, Milena. Deberías irte de aquí, sabes que tus amigos quieren conseguir un pasaporte para ti. Y llévate a Honza contigo. No deberías usarla para tu actividad, no es más que una niña.

–Honza quiere hacerlo, ya tiene una fuerte personalidad. Y como te he dicho, eso le enseña a reconocer los valores, ¿sabes? Está construyendo su propia manera de ver el mundo. Es consciente de ser útil a nuestra causa. Así que, Mirek, no me marcharé a Londres. Soy de aquí, aquí me necesitan y aquí me quedo. Y ella también.

14

Caminamos en silencio hasta Újezd.

En la parada esperamos el tranvía. Jaromír también iba a Vinohrady, vivíamos en el mismo barrio.

Escondí mi bastón detrás de mí, avergonzada. Jaromír se fijó en ello, aunque fingió no darse cuenta. Al cabo de un rato, me pasó el brazo por los hombros y me susurró en el pelo:

—Milena, sé que podrías subir desde el Moldava hasta el mirador de Petřín, con o sin bastón. Tú sí. Has pensado que era para ayudarte a ti por lo que he parado un taxi, ¿verdad? ¿O que tu bastón me ponía nervioso? Lo he leído en tu cara. Pero es otra cosa. Estoy enfermo del corazón. Soy yo el que no puede subir la colina de Petřín.

Me quedé callada, no había nada que decir, y Jaromír no esperaba nada. Me limité a darle una palmadita en el brazo.

En el tranvía, tuve la sensación de que quería decirme algo, pero no sabía cómo abordar el tema. Solo al llegar a Flora, cuando me disponía a bajar, se atrevió.

—Milena, cómo decírtelo... Si por casualidad te enteras de algún encargo profesional para mí, cuanto más importante mejor... No me encuentro en mi mejor momento.

Asentí y le dije que lo haría. Pensé en los tiempos que corrían: este arquitecto de fama mundial, ganador de tres grandes premios de arquitectura en París hace poco, al final tenía que suplicarle a su exmujer que le consiguiera un trabajo.

Lo besé. Me gustó su confianza.

Cuando bajé del tranvía al andén, él seguía de pie en el tranvía porque faltaban pocas paradas para que llegara a su casa. El tranvía estaba a punto de ponerse en marcha cuando le hice una señal con la mano para que acercara el oído a mis labios:

—Sí, Mirek, te ayudaré, mi padre conseguirá algo a través de sus amigos influyentes y te llevará al hospital para curarte. Riva puede quedarse conmigo mientras tanto... Yo no, pero tú sí debes marcharte, con Riva, a Londres. Te ayudaré, os ayudaré a los dos. Anímate, todo saldrá bien. Mirek, no te dejaré...

IV

La prisionera

I

Sin embargo, al final la Gestapo pudo conmigo.

El 11 de noviembre de 1939 me detuvieron junto con Lumír Čivrný, un amigo de la familia y el tutor de Honza. Me recluyeron en la prisión de Pankrác de donde me transportaron al cuartel general de la Gestapo en Praga, en el palacio Petschek, para interrogarme.

Me comunicaba con mi mundo a través de una amiga entregada a mí, la periodista Rokyta Illnerová, con la que hacía tiempo había trabajado en el *Národní listy*. Yo solía esconder los mensajes que le dirigía en la ropa sucia que ella venía a buscar y luego traía limpia de vuelta. Rokyta incluso se las ingenió para pasarme mi irisada bolita de cristal.

«Acabo de enterarme, querida Rokyta –escribí en mi primer mensaje–, de que vienes aquí para buscar paquetes con ropa. Aún no me he merecido tu hermoso comportamiento. Me avergüenza darte simplemente las gracias, quisiera hacer algo más. No sabes cuánto me ayudas.

»Mi mayor preocupación es Honza. Sé que tiene lo que necesita, pero Rokyta, tú eres la única capaz de observar cómo le afecta todo eso a la niña. Estoy segura de que Honza confía que esa situación excepcional le servirá de coartada para no hacer los deberes.

»Lo peor de todo lo que hay aquí es observar el carácter de los checos. Eso, Rokyta, es horrible. Dos tercios de la gente está encarcelada por denuncias de sus compatriotas.»

Y escribí otra carta, a Honza, sobre un nuevo montón de ropa sucia en febrero de 1940, antes de que me llevaran a los tribunales en Dresde:

Mi querida pequeña:

Me voy otra vez, pero espero que no tarde mucho, seguro que te dejan venir a visitarme, y por favor hazlo, probablemente tu abuelo no podrá ir contigo tan lejos, pero tu papá Jaromír estará encantado de acompañarte. Sé buena con él, Honza, y quiérele. El abuelo es estupendo y ha sido maravilloso conmigo y contigo, y todo lo que te pide es por tu bien y tu buen futuro. Honza, una vez me escribiste que me querrías aún más cuando fuera vieja, ¿recuerdas? Ya lo soy, cariño. Una madre vieja que no tiene nada más que a ti, pero eso es mucho, soy terriblemente rica, Honza, y feliz de tenerte. Piénsalo, niña. Te mando un millón de besos, te espero con inmensa ilusión, espero con ansia el día en que pueda acudir a ti, amiga querida.

Tu MAMÁ

2

Varias veces por semana me llevaban a ese temido «cine» del palacio Petschek, donde los prisioneros esperaban el interrogatorio con la cara pegada a la pared.

Y quién no estaba sentado allí un día: ¡Lumír Čivrný!

Pedí a la señora de la limpieza que estaba fregando el suelo del cuartel que se apartara. Agarré su cubo y un trapo enrollado en una escoba y me fui a lavar el suelo alrededor de Lumír, cuyo hermoso pelo castaño había crecido en la cárcel y ondeaba alrededor de su cuello. Debía darle instrucciones sobre cómo comportarse durante el interrogatorio; el pobre se había metido en este lío por mi culpa.

Fregué el suelo a su espalda, murmurando en un susurro para que nadie se diera cuenta de que le estaba hablando:

—Lumír, soy yo, Milena. Sigue mirando la pared y haz como si no pasara nada.

—¡Milena! —atronó Lumír contra la pared tal y como le había ordenado, su voz grave contrastaba con su rostro apacible—. ¿Eres realmente tú, o estoy alucinando?

En ese momento estaba barriendo justo a su lado.

—Sí, eres tú, son tus movimientos —refunfuñó Lumír con voz de ultratumba—. Explícame, Milena, ¿por qué nos han detenido?

—Estoy en la resistencia, ya lo sabes. —Tanteé a su alrededor con la escoba—. Escribo para la revista antifascista *V boj*, la has visto en mi casa.

—Vi cómo la escondías debajo de la cómoda.

No había tiempo, en cualquier momento nos podían sorprender. Pero ¡quería decirle tantas cosas! Que el 11 de noviembre, cuando se iba a distribuir el nuevo número, alguien me había llamado por teléfono en checo para citarme en el piso de un amigo, en la calle Budečská, 14, en mi barrio, Vinohrady. Aquello era normal, así que envié a Honza y le pedí encarecidamente que dijera que iba a buscar los libros de su madre si veía algo extraño, sobre todo a un desconocido. Pero la Gestapo había ocupado el apartamento de mi amigo y la voz perfectamente checa era la de un agente de la Gestapo llamado Nachtmann. A Honza la detuvieron y la trajeron a casa. El resto, Lumír ya lo conocía. Estaba sentado en su sillón verde cuando irrumpieron a registrar la casa. Luego nos detuvieron a él y a mí y dejaron a Honza sola en casa con el gato.

Lumír dijo a toda velocidad:

—No descubrieron la revista durante el registro, ¿verdad?

Para no malgastar el precioso tiempo, Lumír hablaba deprisa, tanto que casi tenía que adivinar sus frases.

—No, Lumír, había varios números debajo de la cómoda, pero no se les ocurrió buscar allí. Pero Lumír, escucha, ¿sabes cómo comportarte en un interrogatorio? Evita las preguntas, nunca las respondas directamente. Habla de otra cosa, haz el ridículo, zigzaguea, hazte el tonto, como Švejk.

–¿Dónde está tu bastón, Milena?

–Bueno, verás, hay una cosa buena. Ya no lo necesito. Aquí no sería posible andar con bastón como una aristócrata.

–Pero... pobre Honza.

–Tiene al gato. Se cuidarán el uno al otro –sonreí.

Justo entonces, el hombre de las SS que vigilaba la estancia y que se había alejado un momento se abalanzó sobre mí. Me arrebató la escoba de la mano y empezó a gritarme. Chilló tanto que sus gritos me parecían bramidos de un animal.

Ante la pared donde me ordenó que me sentara vi una escena: Alguien llama al timbre de la casa de mi padre, él va a abrir y en el umbral descubre a la pequeña Honza con una maleta negra en el suelo y un gato negro en los brazos.

3

En Ravensbrück, el campo de concentración de mujeres al que me trasladaron desde la prisión de Praga pasando por Dresde en el otoño de 1940, me destinaron a trabajar en la enfermería. Administraba medicamentos a las mujeres enfermas y registraba sus patologías. Allí oí hablar de una presa llamada Margarete Buber-Neumann, que antes de llegar a Ravensbrück había estado en un campo de trabajos forzados estalinista. Deseaba conocerla. Quería comparar sus experiencias en la Rusia soviética con las de Jaromír, saber cómo eran las condiciones en un campo ruso y contrastarlas con lo que vivía yo en el campo de concentración nazi de Ravensbrück. Si pudiera, la entrevistaría para *Přítomnost*, pensé. Seguía obsesionada con mi profesión, como si estuviera en libertad.

Un domingo, después de la llamada a filas, nos permitieron pasear por las calles del campo de concentración, bajo supervisión, por supuesto. Durante el recorrido, una conocida me avisó: esta es Margarete Buber-Neumann.

Me salí de la fila, estreché la mano de la joven y me presenté:

–Soy Milena de Praga.

– ¿Praga es su identidad, algo así como su apellido? –sonrió.

Empezamos a conversar. Me di cuenta de que Margarete estaba asustada, miraba a su alrededor con pánico para ver si alguien se movilizaba para castigarnos. Desde el principio la llamé Greta. Era una belleza clásica, me recordaba a una estatua antigua: Atenea, la diosa de la sabiduría. Había aprendido a reconocer la belleza incluso bajo los harapos raídos que colgaban de nosotras como si fuéramos espantapájaros. Había aprendido a reconocer el verdadero aspecto de las prisioneras a pesar del pañuelo en la cabeza, del color grisáceo de la piel y las diminutas arrugas de la fatiga y la malnutrición, que me recordaban a hojas secas de té derramadas por la cara. Mientras Greta se inquietaba, me fijé también en su figura escultural y su ondulado pelo castaño, que se entreveía bajo su pañuelo. El óvalo de su rostro se estrechaba ligeramente hasta la barbilla, dejando que destacaran sus labios suaves y su nariz recta. En aquel momento, su cabeza estaba ligeramente inclinada hacia el hombro derecho, lo que le daba la apariencia de una muchacha amable y complaciente, cosa que no podía ser. Solo una persona fuerte podía sobrevivir varios años en un campo estalinista. Hablaba pausadamente, y sus atentos ojos de un azul grisáceo, parecidos a los míos, eran lo más llamativo de todo su aspecto.

Al cabo de un rato se calmó, dejó de echar miradas frenéticas a su alrededor y sonrió:

–Desde luego, usted, Milena, actúa como si no fuera una prisionera en un campo de concentración bajo vigilancia constante, sino una mujer libre en un bulevar que reflexiona si le apetece más ir al cine o a un café.

–Definitivamente a un café, Greta. Allí podríamos hablar. Aunque ir al cine con usted también sería magnífico.

–Contigo.

–Sí, Greta, contigo.

4

Unos días después, le puse en la mano un trozo de papel arrugado en forma de bola para pedirle una cita.

La noche en que quedamos llovía a cántaros; era aguanieve. Siempre he seguido una regla que nunca me ha fallado: poner al mal tiempo buena cara. El dicho se refiere a todo tipo de problemas, pero aquella noche se trataba literalmente de la situación meteorológica. Sobre los pies descalzos llevaba puestos mis zuecos prescritos; mis pies se empaparon de inmediato, mi pañuelo y mi pelo chorreaban; sin embargo, yo cantaba *It's a long way to Tipperary, it's a long way from home.* En esa canción, un joven marinero va a visitar a su amada; la letra y la melodía encajaban perfectamente con mi estado de ánimo.

Greta me esperaba con el ceño fruncido fuera de la barraca, resguardada de la lluvia, observando cómo cada dos minutos alguna mujer salía al baño. Cuando me acerqué y ella oyó mi canto, su boca se tensó por el temor a que alguien me oyera, me denunciara y nos castigaran con el temido confinamiento en la mazmorra de piedra con calabozos subterráneos donde las presas se enfrentaban a una muerte lenta; la llamábamos el búnker. No me importó la expresión de Greta; con paso de baile y al son de mi canción me acerqué a ella bajo el diluvio helado. Todavía cojeaba un poco, pero muy poquito.

Greta me cogió de la manga y me acompañó a una habitación donde había escobas y palas y trapos y cubos, un escritorio con una máquina de escribir y una estufa ardiendo. La había encendido para nosotras, pensé. Quería acariciar la mano de mi amiga, pero mientras tanto ella cogió uno de los trapos limpios y me secó el pelo; luego me lo peinó con los dedos.

Sonrió suavemente al ver que los mechones enseguida volvían a rizarse, rebeldes como pequeñas serpientes. Me eché a reír, por nada en particular, simplemente por la alegría de haber encontrado a alguien que me cuidara. Entonces Greta preparó el té: calentó el agua sobre la estufa, echó en ella unas hojas de té y endulzó la infusión. Le entregué a mi amiga mi regalo, la bolita de cristal con un arco iris dentro. Le conté que la tenía desde niña, regalo de mi madre, y que la contemplaba en casa junto a ella cuando mi madre estaba enferma y yo soñaba con milagros que la curarían y me imaginaba que nos iríamos juntas, madre e hija, a unas tierras mágicas que se parecerían al interior iridiscente y cambiante de aquella bolita.

Greta me dijo que solo podría aceptar ese regalo a medias, que la bolita nos pertenecería a las dos. Y añadió:

–Qué no habría dado yo por tener una bolita tan mágica en el campo soviético, donde solo había suciedad, ruido y groserías. Por no hablar del hedor.

No conseguí que Greta me contara más cosas sobre aquel campo y el contexto de su detención. Mi amiga evitaba hablar de ello porque, según yo comprendería más tarde, temía que yo no estuviera de acuerdo con ella, que la desafiara y discutiera con ella, como tantas otras prisioneras. Y es que bajo los nazis mucha gente se marcó como ideal la Unión Soviética y haber merecido la detención en el gulag te marcaba como traidora al sueño comunista, y por lo tanto como ser despreciable ante quien todavía creía en ese sueño. Además, para ella, contar la historia habría implicado revivir el dolor de la detención de su marido.

Greta se paseaba nerviosa de un lado a otro, tropezando con las escobas. Le conté que una vez había anotado en secreto los datos de Ravensbrück en un trozo de papel. Me gustaría escribir un artículo o un libro sobre todo lo que veía allí. Se me ocurrió que en realidad era un poema. Recité los versos de memoria, despacio, con seriedad y énfasis:

El campo de concentración
solo lleva un año en funcionamiento.

Tiene dieciséis edificios, incluido un hospital.

Tres transportes de trescientas mujeres cada uno
han sido enviados a los humedales.
Ninguna ha regresado.

Los hornos crematorios están a cien pasos.
A menudo oímos gritos como si las quemaran vivas.

A las dementes les quitan las camisas
y las encierran en celdas sin camas.
Y si gritan, las matan a golpes.

De esta forma se han perdido muchas vidas
de tantas mujeres jóvenes.

Nos quedamos calladas.
–Ahora es tu turno, Greta.
Finalmente, la convencí. Con vasos llenos de té caliente en
la mano, nos sentamos junto a la estufa ardiente y crepitante.
Pero Greta, en lugar de hablar, permaneció en silencio, mirando fijamente la puerta de la estufa, detrás de la cual las llamas
se retorcían y bailaban su danza salvaje.
–Greta, pequeña... ¿no puedes? –susurré.
–Lo intentaré... –respondió casi inaudiblemente. Con sus
manos que rodeaban el cálido cristal, me hizo pensar en una
mantis religiosa–. Así que, en 1921, cuando tenía veinte años,
asistí a un acto en memoria de Karl Liebknecht y Rosa Luxem-
burgo. Cinco años después me afilié al KPD, el Partido Comunista de Alemania. Mientras tanto, trabajé como redactora en
Inprecor. Mi primer marido era hijo del filósofo alemán Martin
Buber. A los veintiocho años conocí a mi segundo marido,

Heinz Neumann, representante de la Komintern, la Internacional Comunista, en Alemania. Entre 1931 y 1932 Heinz y yo visitamos dos veces la Unión Soviética y luego España. En 1933 Heinz recibió una convocatoria de Moscú, pero se fue a Suiza y luego a París.

–Supongo que sospechaba algo, ¿verdad?

Sin contestar, Greta siguió contando como un robot con su voz cristalina:

–En mayo de 1935, la Komintern nos ordenó regresar a Moscú, donde debíamos trabajar como traductores en la Editorial de los Trabajadores Extranjeros.

Ese tema me interesaba mucho, así que volví a interrumpirla con otra pregunta:

–Greta, eso quiere decir que tu marido se hizo sospechoso a los ojos de las autoridades soviéticas, ¿estás de acuerdo?

Greta tenía los ojos fijos en el suelo. Tras una pausa dijo:

–Sin duda, Milena. Es así como funcionaban las cosas. Bueno, pues, la madrugada del 28 de abril de 1937, mientras nos alojábamos en el hotel Lux de Moscú, Heinz Neumann fue detenido. Lo fusilaron seis meses después. Tenía treinta y cinco años. Yo fui detenida en junio de 1938, me encarcelaron en la prisión de Lubianka, luego en Butyrka, y después me enviaron, como esposa de un enemigo del pueblo, a campos de trabajo, primero en Karaganda y luego en Birma, ambos en Kazajistán. En febrero de 1940, los soviéticos me incluyeron en un intercambio de prisioneros con los nazis, parte de la colaboración entre la NKVD y la Gestapo a raíz del Pacto Ribbentropp-Molotov. Me enviaron a Alemania junto con otros prisioneros políticos soviéticos. Y al final me trajeron aquí.

Greta hablaba con una voz fina y frágil como el cristal pulido.

Esperé a ver qué venía a continuación, pero se hizo el silencio.

–Greta, lo que me acabas de contar lo escribirán algún día sobre ti en un libro de historia, o en una enciclopedia...

Greta me interrumpió con su risa. El cristal de su voz finalmente se quebró y se rompió en muchos fragmentos que cayeron al suelo.

–De modo que me expreso como una enciclopedia, ¡nunca nadie me había dicho eso!

–Cuéntame una historia de aquella época que te haya impresionado profundamente –intenté ayudarla.

–¡Son tantas! Todavía tengo la imagen del 30 de abril de 1937 ante los ojos. Moscú se preparaba para el desfile del Primero de Mayo. El sol frío pero radiante me acompañaba por la calle Gorki. Había multitudes por todas partes y apenas podía abrirme paso. Todo el mundo era musculoso, atlético y robusto, solo yo me sentía como si fuera de porcelana. Por los megáfonos sonaban marchas militares rusas, pero también canciones folclóricas como *Katiusha* y luego oí la *Marcha Triunfal* de la ópera *Aida*, que de alguna manera se me metió en el cerebro y no podía quitármela de dentro. Era como si alguien me susurrara que al final todo saldría bien. Pero no sabía qué iba a salir bien.

–Tal vez el hecho de que tú y yo nos encontraríamos –sonreí.

–Será eso. Porque es la primera cosa buena que me pasa desde aquel 30 de abril de 1937 –dijo Greta, con los dientes centelleando bajo el resplandor de las llamas–. Pero Verdi no cuadra ni contigo ni conmigo.

Pensé en Franz Werfel y su novela sobre Verdi, notable, solo un poco pomposa para mi gusto. ¿Qué melodía éramos Greta y yo, Franz? Ninguna de Verdi, supongo.

–Schubert es nuestro compositor, Greta –repetí lo que Werfel me había sugerido.

–¿Qué pieza? ¿Una misa, quizá?

–No. Su *Schwanengesang*. El canto del cisne.

–*Leise flehen meine Lieder durch die Nacht zu Dir* –Greta cantó en voz baja su *Serenata* de aquel ciclo de canciones. Busqué en el aire el teclado y toqué la canción de Schubert.

—¿Continúo con la historia? —preguntó cuando acabamos el canto.

—Te estoy escuchando con atención.

—La gente colgaba enormes retratos de Stalin en la calle Gorki y en las plazas, y erigía sus estatuas de madera en los parques. También había una nueva estatua de Stalin frente a la Lubianka. Miraba el edificio y me imaginaba que Heinz estaba en una de las celdas de aquella prisión. ¿Cómo podría olvidarlo?

Greta volvió a hacer una pausa.

—¿Y qué pasó luego, Greta?

—Seguí repitiéndome frases en ruso para no olvidarlas cuando llegara a la ventanilla: «Mi marido Heinz Neumann fue detenido el 28 de abril. ¿Dónde está? ¿Puedo visitarle y entregarle un paquete y una carta?». Me puse en una larga cola para recibir información. No se movía en absoluto. Permanecí allí como una autómata, incapaz de pensar en nada. Durante los dos días posteriores a que se llevaran a Heinz no hice más que repetirme las palabras de la poeta Anna Ajmátova, cuyo marido había sido fusilado y su hijo, encarcelado:

De madrugada vinieron a buscarte.
Yo fui detrás de ti como en un duelo.
Lloraban los niños en la habitación oscura
y el cirio bendito se extinguió.
Tenías en los labios el frío del icono
y un sudor mortal en la frente. No olvidaré.
Me quedaré, como las viudas de los soldados del zar Pedro,
aullando al pie de las torres del Kremlin.

—Recitas bien, Greta. Y dime, ¿cómo has dado con ese poema que en Rusia debe de estar prohibido?

—Este y otros poemas circulan en Moscú de boca en boca. Dicen que Anna escribe el poema, se lo enseña a una amiga, ambas se lo aprenden de memoria y queman el papel con el poema. Guardar palabras como esas en casa puede significar la muerte.

–Así es como Rusia ha vuelto a la tradición oral.

–Sí. En ningún otro lugar la gente ejercita tanto la memoria como allí. Eso pasa incluso en los campos de trabajo.

–¿Sabes que después de escuchar el poema entiendo mejor cómo te sentías cuando se llevaron a tu marido?

–Claro, una obra de arte tiene un gran poder de comunicación. Todavía me emociono cuando recito o escucho este poema. Pues bien, después de permanecer varias horas en una fila inmóvil, me confié a una anciana que estaba detrás de mí. Me aconsejó que fuera a la cárcel de Butyrka, donde las colas no eran tan largas. «Quizá se hayan llevado allí a su marido», me dijo, y se ofreció a acompañarme.

En la ventanilla de Butyrka, el soldado me dijo:

–¿Su pasaporte, señora? Sin él no estoy autorizado a contestarle.

–Mi pasaporte se lo han quedado las autoridades soviéticas, está en el Komintern. Soy extranjera y no tengo ningún otro documento –dije con voz temblorosa.

–En ese caso, lo siento, pero no puedo hacer nada por usted. Sería contrario al reglamento –afirmó amablemente el soldado.

Con desesperación me volví hacia la anciana.

–El hombre dice la verdad. Apenas se puede respirar en este país sin pasaporte ni carné de identidad –me confirmó–. Nos despedimos cordialmente y nos separamos. Esta es la experiencia que querías conocer, Milena.

No había nada que decir. Nos quedamos calladas.

Greta reanudó en silencio el canto de la *Serenata* de Schubert. En medio de su canto dijo:

–La canción es sobre nosotras, Milena. Esta noche has venido a mí.

Mis brazos volaron en el aire, sentí ganas de abrazarla, pero no me atreví. Así que continué tocando con los dedos sobre el teclado imaginario, siguiendo su canto. Greta me observó y luego se unió a mí. Tocábamos a cuatro manos, y estaba claro que Greta tocaba bien.

Entonces las cuatro manos se entrelazaron de modo que nuestro abrazo fue estrecho, inmóvil, largo.

5

A Greta la habían ascendido a *blokova* y, como vigilante de todo un bloque de prisioneras, disponía de su propia habitación. Llamé a la puerta, asegurándome de que realmente había traído conmigo un pequeño cuaderno y un lápiz; los había escondido debajo de la falda.

Greta abrió y, al ver que era yo, se le iluminó la cara y pude ver cómo era antes de que la vida la hubiera arrastrado por todo tipo de cárceles y campos de concentración en distintas partes del mundo: una mujer joven de tez delicada, casi infantil, y abundante cabellera castaña con reflejos dorados. Debió de leer la admiración en mi rostro. Me dijo:

—Me gustas mucho con esas ondas sobre la frente. En la vida normal, te preguntaría a qué peluquería vas.

—Mi peluquero aquí es este pañuelo.

—A algunas no las ayuda ni el mejor peluquero de París, a otras les queda bien hasta un pañuelo sucio.

Estábamos solas. Me atreví a quitarme el pañuelo y a peinarme con los dedos.

—Tal como te ilumina el sol bajo de otoño, tu cabello rubio parece una aureola —dijo Greta.

Me sorprendí. Solía sentirme como una minusválida desgarbada y huesuda, y sabía que mi pelo claro había empezado a encanecer en la cárcel y en el campo de concentración. Las palabras de Greta me sentaron bien. Tenía ganas de decirle: «En un campo de concentración, lo que hace sentirte un ser humano, incluso lo más nimio, te da la vida, te salva, y no tiene precio». Pero me di cuenta de que Greta sabía todo eso tan bien como yo. Así que guardé ese pensamiento para mí y dije sencillamente:

–Tú, Greta, siempre estás tan arreglada, elegante... mientras que mi ropa queda espantosa... ¿cómo es eso?

–Bueno, he oído decir que las SS no tienen tela para confeccionar ropa nueva para la cárcel. En lugar de eso, traen a Ravensbrück camiones cargados de abrigos, vestidos, ropa interior y zapatos que pertenecieron a los que fueron enviados a los campos del este. La ropa se clasifica y primero se recortan unas cruces y debajo de ellas se cose otra tela de un color distinto. Las prisioneras andan como ovejas marcadas para el matadero. Las cruces sirven para evitar que se escapen. A veces las autoridades quieren ahorrarse el procedimiento y pintan anchas cruces blancas en sus abrigos con pintura al óleo.

Lo apunté en mi cuaderno. Luego dije:

–¡Tú lo conoces todo, y sin embargo yo, periodista, debería saberlo! ¿Y cómo es, Greta, que estás tan guapa incluso con ese espantoso saco que nos hacen llevar en vez de un vestido?

Greta guiñó el ojo izquierdo con picardía y alzó las cejas.

–¡Acórtatelo! Tiene que ser en secreto, claro, porque está estrictamente prohibido manipular esas vestimentas amplias. Ajústate la cintura; aquí te vendrán bien unos imperdibles. Infla el busto; aquí necesitarás todos los recursos del arte de la costurera. Entonces estarás a la moda, y tu feminidad y autoestima saldrán beneficiadas.

Greta lo demostró todo con sus manos sobre sí misma: la cintura ceñida, el bombeo en el pecho.

–Eso no me va. No, ya no es lo mío. Cuando era más joven, me gustaba vestirme bien, incluso una vez robé para comprarme un vestido nuevo, pero últimamente pensar en los vestidos me parece una pérdida de tiempo.

–Y sin embargo eres muy femenina, Milena. Y tienes sentido de la estética. ¿Incluso llegaste a robar para comprarte un vestido nuevo? –se rio–. ¿Y qué robaste?

–Joyas. No exactamente baratijas.

–¿En Praga?

–No, en Praga siempre me las arreglé para ganarme la vida. Eso fue en Viena, cuando la ciudad estaba empobrecida por la guerra, no había trabajo...

–No me acabo de imaginar a una Milena ladrona... bueno, de hecho, sí. Seguro que tenías esa cara de niña traviesa cuando robabas, como quien dice: yo no sé nada, soy músico.

Me reí con ganas. Me alivió saber que mi robo no la hubiera indignado.

Greta me miró mientras reía y luego dijo con toda seriedad:

–Si quieres, cuando vengas otro día, te acortamos la falda y te ceñimos la cintura.

–¡Ahora mismo!

Greta sacó sus útiles de costura; hilos de varios colores arrancados de distintas telas, una aguja y unos cuantos imperdibles que ella misma habría fabricado. Rápidamente me acortó la falda. Luego se ocupó de la cintura del vestido. Yo no decía nada porque la sensación de sus manos moviéndose sobre mi cuerpo me resultaba muy agradable. Y, por último, me hizo una especie de decoración en la parte de los pechos. Primero sentía que me hacía cosquillas, pero luego las caricias de Greta –porque otra cosa no eran– me excitaban. Pero tenía miedo de mostrárselo.

Cuando Greta terminó, abrió la ventana para que pudiera mirarme en el cristal.

No podía reconocerme. Me había convertido en una mujer.

Luego Greta cerró la ventana y le rodeé suavemente la cintura con el brazo por detrás. Noté que mi mano llegaba más arriba de su cintura; Greta era más baja de estatura que yo.

Se volvió hacia mí con expresión seria. Me asusté de haberla espantado. Pero mi amiga me besó. Me besó por toda la cara. Nuestras salivas se mezclaron.

También hubo lágrimas. Lágrimas de alegría y lágrimas de desesperación.

6

Dentro de la desgracia, Greta y yo tuvimos suerte. Las autoridades del campo de concentración nos etiquetaron como prisioneras políticas, nos llamaron *rotwinkeln* y nos cosieron un triángulo rojo en la manga. Nos trataban mucho mejor que a las mujeres judías y a las de etnia romaní. Greta me contó que en los campos rusos fue al revés: allí, los prisioneros políticos eran los últimos de la fila porque se los consideraba enemigos del pueblo.

Llegué a Ravensbrück enferma, desnutrida de las cárceles de Praga y de Dresde, tenía las encías inflamadas y se me habían caído varios dientes. Además, me dolían los riñones, sufría reumatismo, tenía las manos y los pies hinchados y había perdido sensibilidad en ellos. Pero no cometí el error de admitir mi enfermedad. Mi instinto de conservación me susurró, además, que informara de que había estudiado medicina y de que mi padre era médico. Fui realmente clarividente, porque más tarde supe que en Ravensbrück se llevaron a cabo los experimentos más espantosos con las enfermas. De modo que, como mujer con conocimientos universitarios de medicina y experiencia práctica como hija de médico, me asignaron inmediatamente un trabajo administrativo en la oficina, en el sector sanitario del campo, que se llamaba *krankenrevier*, para llevar los registros de las prisioneras.

Greta venía a verme siempre que podía a aquella estrecha oficina con treinta administrativas trabajando casi una encima de la otra. Le encantaba mi rincón, donde tenía mi bolita irisada, una fotografía de cortinas ondeando en una ventana abierta, recortada de una revista, y un ramillete de flores, de las que crecían entre los barracones, alrededor de los árboles. Para introducir las flores a la oficina las escondía bajo la falda de mi uniforme; luego las colocaba en un vaso de agua.

Lo más importante de todo: mi lugar estaba junto a la ventana. Para mí, la ventana representaba la vista hacia la libertad. Una y otra vez volví a repetirme mis propias palabras sobre la ventana, tal como las había escrito en un artículo, en un viaje en tren de Dresde a Praga. Ahora me pareció profético.

¿Habéis visto alguna vez la cara de un preso tras las rejas de la cárcel? ¿La cara pegada a los barrotes? Comprenderíais que la ventana, y no la puerta, es la abertura hacia la libertad. Más allá de la ventana está el mundo. Más allá de la ventana está el cielo. Recordad las veces cuando, ya sin fuerzas ni aliento, mirasteis hacia la ventana.

El espacio junto a la ventana era mío y solo mío, disfrutaba de mi rincón privado y, por tanto, de mi libertad.

La libertad, la libertad personal, es para aquellos que saben encontrarla para sí mismos. Y en el campo hay que ganársela.

7

Estaba tumbada junto a Greta como si fuéramos un solo cuerpo. La tercera mujer de nuestra litera individual, Tomy Kleiner, de la conejera, no nos prestaba mucha atención. Dormía en aquella pequeña litera con los pies hacia nosotras, según las normas; así tenía más espacio para dormir, y todo lo demás le daba igual. Nos alegrábamos de que estuviera lejos; también porque olía tanto a conejo que era imposible conciliar el sueño a su lado.

Greta me susurró:

—Milena, hay algo en tu vida que no entiendo, por más que lo intente.

—¿Y por qué nunca me lo has preguntado?

—Porque... lo encuentro un poco perverso.

—¿Perverso, dices?

Me asusté tanto que empecé a temblar. ¿Y si ahora perdía este último refugio que me quedaba, esta amiga, este ser amado, esta compañera y conspiradora que se había convertido en mi hogar? Pero enseguida me di cuenta de que Greta tenía razón, había tantas cosas en mi vida que podían describirse con esa palabra... ¿Por qué había soportado casi siete años de convivencia con Ernst Polak? ¿Era realmente necesario que mi pequeña Honza cooperase con la resistencia antinazi? ¿Por qué pensaba, durante mi encuentro con él en la frontera austrochecoslovaca, que el sexo resolvería todas las discrepancias con Frank, cuando lo principal, lo no resuelto, era nuestro triángulo, al que no estaba dispuesta a renunciar? Cuántos remordimientos...

Greta intentó calmarme:

—Cariño, no te lo tomes así. Solo quería decirte que hay algo que me ronda por la cabeza.

La interrumpí para que no volviera a herirme con alguna palabra mal elegida. Para mí, la relación entre dos mujeres se caracterizaba por una mayor sensibilidad, y por tanto vulnerabilidad, que la que existe entre una mujer y un hombre.

—Greta, querida Greta, cada una de nosotras tiene unas vivencias completamente distintas, una vida diferente. Y a veces es difícil entender la experiencia del otro. De hecho, uno nunca entiende nada hasta que lo ha experimentado por sí mismo, ¿no crees?

—Eso es cierto. Lo veo a mi alrededor, Milena, podría cortarme en pedazos para explicar la naturaleza dictatorial del régimen comunista a esas reclusas que están en el campo de concentración por su pertenencia al Partido Comunista, pero no hay nada que hacer. Aunque conocen mi experiencia en la URSS, saben que tuve que soportar el campo estalinista durante años, les conté que te fusilaban por decir una palabra mal elegida, pero no quieren oírlo, no quieren saberlo.

—Ya lo he visto y lo voy comprobando en mi propia piel.

—Porque no quieren perder la fe. Y es que sin esa fe nada tendría sentido, sobre todo soportar el sufrimiento infinito del campo de concentración.

—Pero tú y yo ya no tenemos fe. Después de lo que hemos vivido no podemos tenerla.

—Tenemos fe, Milena. La más importante de todas. Creemos la una en la otra.

La abracé más fuerte. Nos quedamos en silencio, entregándonos a la deliciosa sensación de que nada podría separarnos, al menos por esta noche. Las mejillas de Greta olían a jabón.

Entonces pregunté en un susurro:

—Pues no me tengas en suspenso. ¿Qué encuentras perverso en mí?

—Lo que encuentro incomprensible hasta la perversión es que, según me has contado, tuviste la oportunidad de marcharte de Praga. Tú misma me confesaste que podías haber evitado la cárcel y el campo de concentración, conocías los caminos. Tú sola ayudaste a escapar de Praga a tantos judíos durante la ocupación nazi de tu país. ¿Por qué, Milena? ¿Por qué no lo aprovechaste y no escapaste a tiempo? Casi me atrevería a decir: ¿por qué te pusiste a su merced?

En el tono de Greta había desesperación ante mi tozuda y necia imprudencia.

Pero yo aún mantenía mi postura de entonces. También mantenía lo que había escrito, lo que había aconsejado a mis lectores. ¿Sería capaz de explicar lo que realmente parecía una locura suicida?

—Mira Greta —susurré al oído de mi amiga; su pelo me hacía cosquillas en la cara, cosa que despertaba mi ternura—, me hice cargo de toda esa pobre gente que tuvo que marcharse cuanto antes. Incluso Evžen Klinger, el amigo con el que vivía, deseaba que mi hija Honza y yo nos fuéramos al extranjero con él. Pero yo no podía irme de Praga. Sentía que me necesitaban. Así que le prometí a Evžen que iríamos con él, pero era una falsa promesa, ambos lo sabíamos. Durante días me sentaba junto al teléfono y organizaba la huida de los judíos.

—¿Y todo lo hacías sola?

—Me ayudaba Jochi, quiero decir Joachim von Zedtwitz, un descendiente de una familia noble checa, estudiante de medicina en Praga. Es un tipo alto, rubio y de ojos azules, el prototipo del ario, que además tenía coche. Las personas que estaban en grave peligro, judíos y miembros de la resistencia antifascista, se quedaban en mi casa hasta el día de la huida y Joachim los recogía en mi piso para transportarlos a través de la frontera checopolaca. Esto lo organizábamos sobre todo después de que el 15 de marzo de 1939 los nazis ocuparan Checoslovaquia; hasta entonces, Praga fue uno de los centros de acogida de los judíos perseguidos en otros países. Jochi transportaba a los fugitivos personalmente en su elegante coche deportivo, y nadie sospechaba de él. Conducía a los refugiados en su Aero rojo hasta el otro lado de la frontera, donde los esperaba otro enlace para ayudarlos a encontrar refugio en Inglaterra o Estados Unidos.

—Ya veo… Milena, lo entiendo y admiro lo que habéis hecho.

—¿Estás de acuerdo conmigo?

—Bueno, precisamente esa es la cuestión. Llevabas tanto tiempo metida en todo aquello que debías de saber que la Gestapo no podía ignorar tus actividades. No consigo entender del todo por qué te quedaste. Incluso por el bien de tu hija, ¿por qué no intentaste huir? Honza, ¿qué edad tiene? ¿Diez años?

—Ahora tiene doce.

—¿Y dónde está?

—Se ha quedado con su abuelo. Es un pequeño tirano, pero así la niña quedará curtida, yo también tuve que aguantar a mi patriarca y su látigo.

—Bueno, al menos hay eso. Pero aún no me has convencido…

—Escucha, mi adorable Greta: una periodista que escribe sobre el destino de su país y aconseja a sus lectores qué hacer debe actuar en consecuencia. Y *Přítomnost*, donde yo escribía, era la mejor revista antifascista y mucha gente la leía.

—Todavía no entiendo adónde quieres llegar...

—Sabes, Greta, yo no pensé ni un segundo en exiliarme. Después de la invasión alemana, cuando buena parte de los habitantes de Praga y de otras ciudades checas empezaron a huir en masa al extranjero, a través de mis artículos insté a la gente a ayudar a su país. Supongo que me acercaba al patriotismo de mi padre –reí bajito–, aunque en un contexto diferente. –Y después de una pausa, añadí–: No, no es eso. Es otra cosa. Yo vivía el final de una época y me aferré a ella como pude. Nunca quise entrar en esta nueva época, que no hará ningún bien a nadie.

—¿Y sobre qué escribías, Milena? –susurró Greta.

—Mira, Greta, en un solo año, cerca de una décima parte del país se trasladó al extranjero. Es una gran pérdida. Cada uno de esta décima parte se ha llevado del país un pedazo de nuestra cultura, un trozo de nuestro pensamiento, algo de nuestro ser. Incluso una gran roca se puede desmoronar y las gotas de lluvia la erosionan, y nosotros no somos una gran roca. Solo nos queda una salida: permanecer unidos como un rebaño. Y yo escribía sobre eso.

—Pero si la gente se queda y los nazis la aniquilan, también esa roca se desmorona, y la cultura y el pensamiento y la artesanía, todo se pierde igualmente.

—Huir era como abrirles la puerta a los nazis y decirles: pasen, esta es su casa.

—Pero ¿por qué llamar a la gente al sacrificio si desde el exilio se podía ser más eficaz a la hora de preservar tu propio país y tu propia cultura?

—Los nazis no podían encontrarse con un país sometido de entrada. Sin resistencia no es posible una vida digna.

Las dos guardamos silencio. Para quitarle gravedad a mis últimas palabras, dije, de modo muy sentido:

–Entiendes, Greta, que después de varios artículos en este tono no podía levantarme y marcharme, ¿verdad que estás de acuerdo conmigo, querida? –susurré, sin confesarle que yo misma había aconsejado a mis seres más queridos, como a Willi Schlamm, que se marcharan. Había escrito a Willi: «¡No es solidaridad querer morir cuando aún nos queda trabajo por hacer! ¡Serás solidario con nosotros si te marchas, Willi! Al menos alguien que lleva Europa en el corazón, que tenga la fuerza y la determinación de irse de Europa».

–Ahora lo entiendo un poco mejor, cariño –me susurró Greta al oído.

Y mientras me besaba, pensé en lo embriagadora que había sido mi vida en el movimiento de la resistencia. Cada día era diferente y nuevo, y la sensación de estar haciendo algo verdaderamente útil por los demás no tenía precio. Vivía en constante peligro, caminaba sobre el filo de la navaja, vivía en el fuego. Además, había construido una sólida escala de valores para guiarme.

Greta musitó:

–Y ¿es demasiado tarde ya? ¿Nadie de los que se exiliaron gracias a ti te puede sacar de aquí?

–Sé que mi amigo Evžen Klinger, que ya se había trasladado de Praga a Londres, quería liberarme, sacarme de la cárcel, incluso arregló mi matrimonio con un boliviano, porque Bolivia es un país neutral, pero...

–Pero ¿qué? Cuéntamelo.

–¿Me imaginas a mí en Bolivia?

Me reí a carcajadas. Greta se asustó y me tapó la boca con la mano. Le besé la palma de la mano y seguí murmurando:

–Una vez permitieron que en la cárcel de Praga me visitaran mi padre y mi hija. Me di cuenta de lo asustados que estaban; de hecho, al principio ni siquiera me reconocieron de lo delgada que estaba, con el pelo crecido, pero fue un encuentro emocionante y me llenó de fuerza.

–¿Y en qué fue agradable? ¿Qué es lo que os dijisteis?

–Recuerdo esto en concreto: Honza me contó cómo en el colegio saboteaban el alemán y pensaba que le iba a premiar por ello. Pero le dije que era una tontita porque el alemán es uno de los idiomas más bonitos que existen y no tiene la culpa de que lo hable quien lo habla.

–Pobre Honza, vaya un jarro de agua fría.

–Alguien tenía que decírselo. Y ella acercó su boquita de niña a mi mano mientras nos despedíamos, y solo entonces me di cuenta de mis nudillos hinchados y de mi mano enjuta y blanca. Así que me levanté para irme.

–¿Por qué?

–Para que ni papá ni Honza vieran lo tocada que estaba.

–Pero de todas formas no pudieron evitar notarlo. ¿Y luego qué pasó?

–Entonces me trasladaron a la prisión de Dresde, donde pasé meses en un calabozo húmedo, desnutrida, con los tobillos hinchados y mucho dolor de riñones. Y ya conoces el resto: a finales de octubre de 1940, me trasladaron aquí, a Ravensbrück.

–Milena, querida, debemos explicarnos siempre todo para que no haya el menor malentendido entre nosotras. Debemos fundirnos en un solo ser.

–Yo ya me he fundido contigo, Greta.

8

Nos reuníamos siempre que podíamos. Durante uno de nuestros encuentros fugaces junto a mi escritorio, me asaltaron unos pensamientos sobre el comportamiento servil de las presas comunistas y sobre lo conformistas que resultaban la mayoría de las reclusas. Además, mi mente seguía llena de pensamientos sobre mi libro, ese libro que contendría toda la verdad sobre el totalitarismo y las ideologías. Lo abarcaría todo, todo lo que Greta y yo habíamos vivido en nuestra propia piel. Le confesé a mi amiga:

–No puedo deshacerme de un pensamiento persistente, Greta. Me ocurre a diario que cuando intento sabotear este trabajo nuestro de siervas, que solo contribuye a consolidar el régimen de Hitler, muchas de las demás prisioneras, sobre todo las comunistas, me acusan de perezosa.

–Yo también me encuentro con eso, querida. A cada paso.

–Las comunistas me parecen unas esclavas.

–Lo son. Creen a ciegas en su ideología. Llevo más de diez años lidiando con ello. Pero también he vivido este sometimiento por voluntad propia. Yo fui una de ellas.

–Sabes, Greta, aún no lo entiendo bien, pero necesito llegar al fondo de todo este asunto. Debo hacerlo.

Greta me habló a conciencia, con esa voz tranquila suya que parecía no salirle del pecho y de la garganta, sino del corazón y de la cabeza:

–Ese comportamiento es frecuente. Mira, seguramente conocerás a Olga Körner, que trabaja en la mesa de la modista, donde se colocan los cortes de tela. Ya sabes, es aquella anciana sonriente de pelo blanco. Es miembro del Partido Comunista de Alemania y lleva años encarcelada. Se dedica a su trabajo extenuante de todo corazón. Durante su turno de once horas, corre de un lado a otro sin descanso. Va al departamento donde se corta la ropa y discute entusiasmada con el encargado o con los hombres de las SS sobre cualquier cuestión relativa al corte de los uniformes. A veces Olga y yo conversamos. Al principio pensé que era una mera coincidencia que solo me hablara de su trabajo. Pero me di cuenta de que para ella lo único que hay son cortes desparejados y colores de diferentes telas de camuflaje.

–¿Qué será lo que las hace actuar así?

–También lo he visto en los campos soviéticos, pero aquí más aún. Las prisioneras comunistas, las verdaderas creyentes, están especialmente dispuestas a realizar el trabajo de esclavas.

–¿Será que someterte a una ideología te hace someterte a todas? ¿Y que ser crítico con una es ser crítico con todas?

Nos quedamos en silencio. Greta me acariciaba la mano.

Tuve que reírme de algo, no pude contener la risa.

–¿De qué te ríes? Aunque no debería preguntarlo, porque la risa es tu naturaleza.

–Me río de lo de esta mañana. De cómo he llegado tarde al recuento.

–¿Y qué tiene eso de gracioso? Podía haber salido mal, para esas bestias llegar tarde al recuento es una gran ofensa. ¿No lo sabías? Ten cuidado, cariño, eres imprudente y estoy preocupada por ti.

–Lo cómico es que llegué tarde, pero tranquila, como si nada pasara, mientras las demás mujeres temblaban de pánico por mí. Y esa dirigente de las SS casi me abofetea –continué riendo.

–Pero cuando te miró se le cayó la mano.

–Y ¿por qué?

–Eso se debe a que eres una mujer libre, actúas como si no estuvieras detenida. Por eso en vez de tu número 4714 te llaman 4711, que es el nombre de una colonia. Eres una fragancia para ellas, haces feliz a la gente.

–A ti... tal vez. Al menos eso espero. Pero ¿a las demás? No pretendo hacer nada especial.

–Pero eres libre. Por eso te admiran. Eres una mujer libre entre esclavas.

–¿Yo? Solo me comporto con naturalidad.

–El comportamiento libre desarma.

–En eso tienes razón. He visto muchas veces que esas caras, en las que cualquiera puede leer el miedo y la resignación a primera vista, provocan en los cabecillas de las SS ganas de abofetearlas. Lo que en ti o en mí podría suscitar piedad y compasión, en ellas despierta rabia y furia y ganas de castigar.

–Cuando ven que pueden desafiar a alguien, les gana la prepotencia, la propensión a la violencia y la necesidad de someter a esa persona –dijo Greta, casi en un susurro, y me besó en el hombro.

Luego me preguntó:

—¿No te asustaste cuando aquella carcelera se abalanzó sobre ti?

—No tuve miedo. ¿Sabes por qué? Porque te tengo a ti. Sé que no me dejarías, y que yo no te dejaría. Somos una pareja, y eso nos fortalece. Como pareja y por separado.

—Supongo que eso es lo que sienten esas comunistas, ¿no crees? Sienten que pertenecen a algún lugar. A un colectivo.

Reflexioné sobre ello. Lamenté no poder anotarlo enseguida. Debo hacerlo esta noche, aunque no esté permitido.

—Supongo que sí —asentí—. Pero me siguen dando pena. Nuestra fuerza surge del afecto.

—Del enamoramiento.

—Y tú...

Pero no terminé la frase. Una guardia entró por la puerta frente a nosotras. Inmediatamente Greta y yo nos separamos.

9

Estuve echada en la cama, en la enfermería. Me sentía tan débil como cuando desde la prisión de Dresde me transportaron en un vagón de ganado hasta aquí, a Ravensbrück, a este Puente de los Cuervos.

Ya en la primera prisión, la de Praga, me había quedado en los huesos. «Estás anémica, eso no es una enfermedad, no creas que te librarás de ir a trabajar», me dijeron los médicos cuando llegué a Ravensbrück. Me alegré de ello. Si me hubieran diagnosticado una enfermedad, podrían haberme enviado como no apta para el trabajo a otro campo aún peor, o me habrían liquidado. Lo cual habría sido una suerte comparado con acabar en la sala de operaciones del doctor Sonnenberg, el cirujano de este campo, que me habría convertido en uno de sus conejillos de Indias y me habría operado sin anestesia hasta matarme o mutilarme.

Tumbada, observaba por la ventana el bosque más allá del muro, que yo llamaba el Muro de las Lamentaciones. Una vez más intenté reconocer los árboles que veía: «pinos, arces, robles, abedules», susurraba para mis adentros, para no oír las voces de las enfermeras que, junto a la mesa de la enfermería, ingresaban a las indispuestas en la misma habitación. No quería oír cómo soñaban que toda Alemania llegaría a ser de Stalin y que el poder comunista se extendería hasta engullir el mundo entero. Temblaban de alegría ante esa idea. Al principio hablaban en voz baja, luego empezaron a gritar algo sobre un mañana mejor, sobre una Unión Soviética fraternal, sobre el padre Stalin. Acabar con un totalitarismo para someterse a otro. No creo que pueda recuperarme en un ambiente de semejantes ideas, pensé. Así que otra vez: hayas, abedules, abetos, pinos. Y entonces, una bandada de pájaros volando sobre ellos... ¿podían ser gansos salvajes? No, esos pájaros eran demasiado pequeños para ser gansos. ¿Qué aves migraban hacia el sur en esa época del año?

La enfermera jefe dejó entrar a un grupo de enfermas. ¿Qué les pasaba? Probablemente estaban agotadas, como yo. No les preguntó qué les dolía o si tenían fiebre. Su pregunta fue: «¿En qué crees?». Una enferma susurró que en Dios, otra, que en la amistad. «¿Y en el futuro comunista?», preguntó con voz cortante Marie, la enfermera más joven. Una de las enfermas dijo con voz vacilante que sí, que ella creía en eso. Su voz delataba que probablemente su fe no era muy firme, pero a Marie no le importó. La admitió para examinarla, mientras mostraba la puerta a las que no creían en un futuro comunista.

–Tenéis que reflexionar sobre vosotras mismas –dijo Marie, con la voz retumbante de una inquisidora que tiene poder sobre los demás y lo utiliza, y las expulsó al viento helado. Nadie más se atrevió a preguntarles qué les pasaba.

Me dolía un riñón. El dolor me lo causaba seguramente lo que veía a mi alrededor. Estaba a punto de sentarme en la cama y abrir la boca, cuando la pequeña y regordeta Annie vino corriendo hacia mí y me la tapó con la mano. Ella sabía que yo odiaba ese tipo de discursos y no era fanática. Quizá solo fingía creer en un futuro comunista. Con sus ojos grises me ordenó que me callara, por el amor de Dios. Así que le hice caso, pero la escena con las pacientes se me quedó grabada. Annie me trajo un panecillo y una taza de té. Recordé el bollo de la señora Koller, pero ni siquiera ese recuerdo cómico de mi portera de Viena me animó.

Las enfermeras salieron de la habitación. Entonces solo se oían los gemidos y los ronquidos de las pacientes que se encontraban en las camas de la enfermería. Concentrada en la vista por la ventana, me metí medio panecillo en la boca y, tras masticarlo y tragarlo, sorbí lentamente el té caliente. Un cuervo voló más allá de la ventana y su débil graznido se mezcló con los sonidos que emitían las enfermas.

La puerta se abrió y entró una señora erguida como si llevara una regla en la espalda. La recordaba vagamente: había puesto los ojos en blanco cuando llegué tarde al recuento mientras yo seguía silbando débilmente *Let's Misbehave*. La dama miró a su alrededor y, al ver que no había nadie en la habitación de la enfermería excepto unas pacientes graves, se precipitó directamente hacia mí. Tendría unos cincuenta años, era algo mayor que yo y probablemente pensó que me gustaría escucharla.

Empezó a contarme que su hija le había escrito una carta sobre su boda, su vestido largo y su velo. La señora se sentó en la cama a mi lado y empezó a disfrutar de su propia historia. Me dijo que su hija no había conocido a otros hombres aparte de su prometido y que, puesto que era virgen, tenía todo el derecho a llevar un vestido de novia blanco. Su futuro novio era ingeniero. Quería saber qué pensaba yo de su futuro.

De repente mis nervios se quebraron y algo se desencadenó en mi interior.

—Si su hija hubiera conocido a diez hombres antes de casarse, se hubiera acostado con todos y lo hubiera disfrutado, habría adquirido más sabiduría para el matrimonio que cultivando la virginidad —siseé con recelo.

La señora se limitó a balbucear:

–Entonces siento molestarla, ya veo que no se encuentra bien.

Y con la espalda recta, pero con la cabeza gacha, salió por la puerta.

Desahogué en ella mi amargura. Pero tal vez no toda.

Después de la señora de la espalda recta, Greta se me acercó. Sus ojos no brillaban como de costumbre. Con expresión preocupada se sentó en mi cama, meditabunda. Me di cuenta de que le pasaba algo. No le pregunté nada; todavía tenía mucha amargura acumulada dentro de mí.

Greta me preguntó:

–¿Por qué te eriges en juez, querida?

Permanecí en silencio, sin mirarla siquiera.

Greta continuó:

–Sí, en juez. Una compañera en desgracia acude a ti para compartir un momento de paz y tú...

–Sí, la regañé como a una colegiala.

Me imaginé que detrás de la puerta Greta había chocado con la señora, que seguía disgustada y le había contado todo.

Greta se quedó en silencio, sus ojos fijos en mi manta. Luego me dirigió una mirada tranquila y escrutadora.

Murmuré:

–Primero las comunistas, y luego esa pequeña burguesa loca me viene con la virginidad de su hija...

Sonó como una disculpa. Greta se lo tomó así y me alborotó el pelo. Enroscó uno de mis rizos en su dedo.

–Así se lo diré –susurró inaudiblemente.

Yo quería reñirle, prohibírselo. Pero al final me limité a cerrar los ojos y dejar que me pasara los dedos por el pelo sudoroso.

10

Todas las mañanas abría los ataúdes de los muertos o, mejor dicho, las cajas de madera en las que se arrojaban los cadáveres, que se dejaban en el patio junto a la enfermería: esa era una de mis tareas. Todas las mañanas, en aquellos últimos tiempos, pensaba en lo extraño que resultaba que muchas mujeres murieran, o más bien fueran asesinadas, por la noche y no de día. Y cada mañana me preguntaba por qué las muertas tenían algo en común: marcas recientes de inyecciones en los hombros. Además, sus rostros presentaban hematomas y otros signos de violencia, y en sus bocas faltaban dientes. Cada mañana me fijaba en lo mismo, y finalmente llegué a la conclusión de que las mujeres habían sido asesinadas con un propósito.

Las habían matado para extraerles los dientes de oro de la boca.

Puesto que trabajaba en la enfermería, sabía mucho sobre las enfermedades de las presas. Teníamos un nuevo médico jefe, el doctor Rosenthal. Bajo su dirección se hacían experimentos con mujeres sanas, las cuales morían o quedaban mutiladas para siempre.

Cada mañana me preguntaba quién había puesto las inyecciones, quién era el responsable de las muertes de las presas con los dientes de oro. Y cada mañana me daba cuenta una y otra vez de que solo una persona había tenido acceso a la enfermería aquella noche: Gerda Quernheim. Empecé a fijarme en ella, desarrollé un sexto sentido, así que reconocía su voz de lejos. La seguí tan de cerca como pude. Y finalmente supe con certeza que la responsable de la enfermería, Gerda Quernheim, tenía una relación con el doctor Rosenthal, de las SS.

Mientras tanto, sin embargo, ocurrió algo que me dejó desequilibrada.

En el campo de concentración había centenares de formas de castigar la desobediencia, la rebeldía o cualquier cosa que se opusiera al orden más estricto. Greta y su superiora, que no era ni prisionera ni SS, intentaron salvar a un centenar de mujeres a las que en el campo llamábamos «cobayas»: eran convictas destinadas a operaciones experimentales. La supervisora de Greta telefoneó a la administración e hizo una pregunta: ¿tenían permiso de Berlín para tales experimentos?

Esa era la pregunta clave. Gracias a la respuesta, un centenar de mujeres se salvaron de ser enviadas a la operación experimental. La supervisora de Greta afirmó con convicción:

—Adolf Hitler y los mandos de las SS no tienen ni idea de los horrores que se están produciendo en este campo de concentración.

Así me contó Greta la historia y añadió, con un suspiro:

—Exactamente lo mismo dicen los convictos en la Unión Soviética: si Stalin lo hubiera sabido, no habría permitido algo tan terrible. Pero no lo sabe. Debemos escribirle al respecto. Y escriben cartas a Stalin sobre lo sádicos que son los guardias del campo. Por supuesto, los censores del campo entregan las cartas a los guardias que se citan en las cartas, que luego se vengan cruelmente.

Aunque Greta y su supervisora salvaran a un centenar de reclusas que, al menos por el momento, no tuvieron que pasar por el bisturí del doctor Rosenthal, a ambas las obligaron a purgar su rebeldía. Ludwig Ramdohr, el jefe de la Gestapo en Ravensbrück, visitó personalmente a Greta, mientras esperaba a su superiora, sentada ante su máquina de escribir, sin saber aún que a esta la habían puesto bajo arresto domiciliario.

Ramdohr se detuvo delante de Greta, abrió las piernas y puso los brazos en jarras, de modo que parecía un gólem, y atronó:

—No corresponde a los prisioneros juzgar si se cumplen o no las normas y reglamentos.

Greta se levantó; se sentía ante él como una hormiga. No pudo evitar asentir.

Ramdohr continuó:

—Oponerse o negar las órdenes se castiga con un tiempo indeterminado en el búnker. Y usted, prisionera Buber, no será ciertamente una excepción a esta regla.

Inmediatamente se llevaron a Greta y la metieron en el calabozo subterráneo, húmedo y helado, donde tuvo que permanecer solo con ropa ligera y descalza, durante un tiempo indeterminado. Del búnker, como llamábamos a aquella mazmorra, las reclusas o bien no regresaban vivas o, al cabo de unos meses, volvían tan traumatizadas y con tales daños cerebrales que las enviaban a la muerte como miembros inútiles de la sociedad.

Sabía que no podía hacer nada para salvar a Greta. Al menos no de inmediato. Primero conté las horas, luego los días, después las semanas, pero al cabo de un mes, Greta no había regresado. Ni después de dos. Nadie sabía si seguía viva. Pero yo tenía que averiguarlo. Saber que Greta estaba sufriendo era peor que si hubiera sufrido yo misma.

Me preparé lentamente. Reuní los datos.

Luego pedí una audiencia con Ramdohr.

Y una noche salí a la guerra.

El jefe de la Gestapo me recibió. Probablemente pensó que iba a delatar a alguien, como ocurría a menudo en el campo.

Y era verdad. Fui a denunciar a alguien. Por primera vez en mi vida.

Ramdohr, sentado detrás de su escritorio, me miró con sus ojos pequeños y medio cerrados. Con semejante camuflaje, nadie sabía lo que miraba ni lo que pensaba.

–He venido a preguntar por Greta Buber –le dije.

Se encogió de hombros con disgusto. Esperó.

–¿Greta Buber está viva? –le pregunté.

–Pero ¿qué significa esto? –murmuró disgustado, levantándose ya para marcharse.

Entonces se colocó frente a mí, con las piernas abiertas, los brazos en jarras, según su costumbre. Puede que no fuera mucho más alto que yo, pero aun así me sentía diminuta comparada con él.

–¿Qué significa esto? –respondí con firmeza–. No me andaré con rodeos: en el campo están ocurriendo cosas repugnantes que podrían costarle el puesto. Solo quiero avisarle.

–¿Cómo se atreve, usted...?

–Creo que me ha entendido mal. Quiero ayudarle, por eso he venido.

–¿Ayudarme? ¿Usted... a mí?

–Sí. Me gustaría hacerle un favor.

Esperaba que me enviase al búnker.

Vamos, pensé, al menos en el calabozo estaré más cerca de Greta.

–¿Qué cosas repugnantes están pasando en el campo? –dijo con disgusto, como contra su voluntad.

A pesar de ello pude oír una pizca de miedo en su voz.

Ahora o nunca, volví a pensar y dije:

–Si promete liberar a Greta Buber, se lo diré.

–¿Quién se cree usted? –soltó–. ¿Cree que me asustará con su palabrería? Aún no ha nacido la persona que pueda amenazarme impunemente.

–No le estoy amenazando. Al contrario, quiero ayudarle. Y no quiero nada a cambio. Casi nada.

–Así que diga, qué es lo malo que está pasando aquí... –dijo, como si no le interesara.

Supongo que entretanto se había dado cuenta de lo que iba a decir. Desde luego, estaba al corriente de las barbaridades de Rosenthal con Quernheim, y le parecía lo bastante normal como para no tener intención de tomar medidas contra el doctor y su ayudante.

–¿Está viva Greta Buber?

–Lo está. ¿Qué más?

–La dejará libre.

–¿Libre? Usted se ha...

–Quiero decir libre del búnker para que vuelva al régimen normal del campo.

–Sin promesas. Cuénteme las cosas sucias, o usted también irá al búnker y nadie sabrá nada de usted nunca más.

–Varias personas, y no solo entre las presas, saben que estoy aquí y que tengo una audiencia con usted. Pero no se trata de eso. Quiero ayudarle, como he dicho. Y confío en que usted me ayude a mí.

–No he prometido nada.

–No me ha prometido nada, es cierto. Pero confío en usted. Por eso voy a contárselo, y espero que sea honrado.

–Mmm... –murmuró algo ininteligible con disgusto.

–Usted es un hombre honrado, ¿verdad?

–Mmm...

Esta vez oí en su murmullo que se sentía halagado.

Le hablé de las correrías nocturnas del doctor Rosenthal con su amante Quernheim, de cómo ella sonreía misteriosamente durante el día, invitando así a las reclusas a sonreír también y entonces se fijaba en sus dientes, para marcarlas o escribir su número en un cuaderno y aplicarles una inyección letal por la noche. Luego enviaba el cadáver al quirófano, donde ella y su amante abrían las mandíbulas de las muertas y les arrancaban los dientes de oro de las encías.

–El oro lo venden después, sin duda –acabé.

Ramdohr me escuchaba y me miraba con los ojos rasgados, y yo no podía leer nada en su mirada. Sin embargo, me di cuenta de que mi relato no le había impresionado; si no conocía el negocio de los dientes de oro, debía de sospecharlo y no le importaba. O también él sacaba algún rédito. Tras mi narración, sin embargo, se preguntaba cuánta gente podría saberlo, y en qué problemas podría meterse por ello. Por eso me escuchó hasta el final.

–Está todo escrito –añadí–. Cómo la gente con dientes de oro desaparece y se convierte en cadáveres con los dientes arrancados de la noche a la mañana. Está escrito y trazado. Tal vez haya fotografías.

–Me está amenazando... y cree que puede salirse con la suya...

–Solo quería hacerle un favor.

–Y por qué, ese favor...

–Para que sepa la verdad. No tengo otra razón.

No me miraba.

Permaneció en su mutismo durante mucho tiempo. Yo tampoco me atreví a romper el silencio.

Entonces escupió:

–Usted es inteligente y yo podría utilizarla.

No sonaba como un halago saliendo de su boca. Más bien parecía una amenaza.

Luego dijo algo que no entendí inmediatamente. Tal vez era por culpa de mi alemán imperfecto o por el hecho de que no lo quería entender. Pero al final lo tuve que comprender: Ramdohr pretendía que yo delatara a otras presas para él.

Y con esa condición, me entregaría a Greta.

–*Herr* Ramdohr, se ha equivocado de persona.

Hice una pausa, preguntándome cómo proceder para no rechazarlo del todo.

Ramdohr no podía creer lo que oía.

–¿Me he equivocado? ¿Me está diciendo eso a mí?

–Se ha equivocado de persona, lo lamento. Nunca me convencerá.

Permaneció en silencio, sin mirarme.

Estaba claro que tenía que irme.

–Usted es un hombre honesto –le dije, para recordarle la promesa que no me había hecho.

–Lo soy... –murmuró.

Y luego añadió, de nuevo ininteligiblemente y más para sí mismo:

–Soy un hombre honesto, pero usted también...

¿Realmente había dicho eso? Habría entendido mal.

Y repitió:

–Soy honesto.

Y tras otra pausa:

–A ustedes los políticos uno nunca puede reducirlos del todo. Siempre tienen la sartén por el mango. Incluso si los matamos, tienen la ventaja en la muerte. Nosotros tenemos el poder, pero en comparación con ustedes, solo somos unos chapuceros.

No había nada que decir a eso.

Salí del despacho de Ramdohr con el paso firme que me esforcé por mantener. Porque se me doblaban las rodillas.

11

Pasé noches enteras en vela; detrás de cada murmullo percibía a Quernheim, su siniestra sonrisa y su inyección.

Al cabo de una semana, sin embargo, no había ni rastro de ella ni de su amante en el campo.

Y dos semanas después, me devolvieron a mi Greta.

Con la ayuda de mis cómplices checas, ingresamos a Greta en la enfermería. Tenía alucinaciones, la luz le daba náuseas. No paraba de repetir un cuento de hadas sobre una pareja de enamorados junto al mar. Si alguien se hubiera dado cuenta de su estado mental, la habrían matado como a un miembro inservible de la sociedad.

Cuando Greta volvió en sí, me contó que al principio de su encarcelamiento en el búnker había una comunista checa, Josefa Palečková, en la celda de al lado. Era la misma que, unos años antes, había saludado con el puño en alto y al grito de «Viva Stalin» a las nuevas prisioneras, ucranianas y rusas, que habían llegado a Ravensbrück con Greta desde los campos soviéticos. Fuera donde fuera, Palečková glorificaba a Stalin, hasta que un médico se dio cuenta de ello y la metió en el búnker.

–Allí, corría descalza por la celda –relató Greta–, rechazaba el pan y el agua, yo podía oírlo porque gritaba, se tiraba de cabeza contra la pared y no cesaba de aullar, noches enteras, en una especie de éxtasis: «¡Quiero a Stalin!». «¡Stalin, te amo!» «¡Stalin, eres mi prometido, mi marido!» Me hubiera recordado a los poetas místicos si no hubiera sido tan espantoso. Y después de dos semanas, se calló. Miré por el ojo de la cerradura cuando vinieron a por su cadáver: estaba en los huesos.

Luego me abrazó y añadió en un susurro que ella, Greta, también sufría alucinaciones. Para sobrevivir, creó su propia realidad alternativa; soñaba con vivir conmigo en una pequeña isla del mar Báltico. Para no sentir el frío, se imaginaba que nadábamos juntas en aquellas olas gélidas, que corríamos con el viento en la playa, que salíamos corriendo de la morada hacia las aguas embravecidas bajo los copos de nieve, porque sabíamos que no tardaríamos en volver al calor y la comodidad. En sus sueños nos cogíamos de la mano, y nos dábamos calor mutuamente. Fue gracias a esa realidad onírica como Greta sobrevivió.

12

Dos cosas me mantuvieron a mí con vida: el libro que planeaba sobre totalitarismos, tiranos y campos de trabajo. Y Greta. Pero también otros pequeños placeres que llegaban de vez en cuando, raramente.

Como una fiesta de cumpleaños.

Era el 10 de agosto de 1943. Casi había olvidado que aquel día cumplía cuarenta y siete años.

Mis compañeras checas, que tanto me atormentaban a veces con su fanatismo comunista, me habían preparado una sorpresa: me introdujeron en un dispensario y allí me esperaba una mesa con té y pan en rebanadas, negro e incluso blanco, y junto a cada plato había una bonita flor silvestre de las que cada verano crecían delante de nuestras barracas. Había también algunas rebanadas untadas con mantequilla: eran para mí, me aseguraron mis amigas. Encontré incluso un trocito de bizcocho duro.

Nunca nada me había gustado tanto como aquel festín.

Nos contamos mutuamente nuestras experiencias y las de nuestras familias y amigos, bromeamos y reímos. Cantamos todo tipo de canciones, algunas chicas bailaron. Intenté el vals con Greta: me había dado cuenta de que se sentía excluida en un entorno tan checo, a pesar de que a veces nos esforzábamos por pasar al alemán. Luego bailé al son de la música de la radio con la frágil enfermera Hana Housková, con Gábina la loca, otra vez con Hana, y luego, otro vals con Greta. Me sentía débil, enferma, estaba cansada y sin embargo fuerte, capaz y alegre. Recordé lo que una vez había escrito en un artículo: «El sufrimiento asola, roe y pisotea. La alegría limpia y endereza». Entonces respondía a la afirmación de Dostoievski de que gracias al sufrimiento uno se humaniza y adquiere valor.

Ahora lo sabía: nunca había escrito una verdad mayor que aquellas palabras.

Y, sin embargo, sabía que la afirmación de Dostoievski también era cierta.

13

«¡Jochi vive! ¡Jochi está vivo!», chillé y coreé cuando recibí la noticia sobre él.

La traía una nueva presa de Praga, Věra, una chica con un hoyuelo en la barbilla, como suelen tener los niños. El hoyuelo de mi padre casi le partía la barbilla en dos. Y ese parecido físico me acercó a Věra.

–Tu amigo Joachim von Zedtwitz me visitó en la cárcel –me susurró– y me contó su historia en voz baja y apresuradamente, porque hay mucho espionaje y mucha escucha, pero el señor Zedtwitz lo hizo con habilidad. Se ve que sabe desenvolverse en esas situaciones.

–¡A Jochi se le dan bien! –me reí con alegría.

Vi ante mí al rubio Jochi, el joven conde y estudiante de medicina que había colaborado estrechamente conmigo en el contrabando de judíos desde Praga hasta la frontera y más allá. Le veía ponerse el casco y las gafas contra el viento que soplaba en su descapotable Aero deportivo rojo mientras conducía, y luego ponerle el mismo casco y las mismas gafas al tembloroso judío al que transportaba clandestinamente y que iba a ser su pasajero. Este increíble Jochi fue detenido después de mi encarcelamiento, aunque no le acusaron de tráfico de judíos. Solo descubrieron la correspondencia que mantenía conmigo, en la que teníamos mucha cautela.

–Y la Gestapo lo dejó en libertad porque simuló con éxito una esquizofrenia, ¿te das cuenta, Milena? –contaba Věra y se regocijaba, al igual que yo.

–Bueno, ¿y qué hace Jochi ahora?

–Está intentando sacarte de este campo de concentración. Y quiere que hagas lo que él hace: simular esquizofrenia.

Y la rubia Věra de Praga, con su hoyuelo en la barbilla y las mejillas, me susurró mientras se reía:

–Ya tiene todo tipo de pruebas de que estás loca.

–Supongo que estoy loca y siempre lo he estado –me reí.

–Bueno, mejor dicho, las pruebas muestran que eres una enferma mental. Zedtwitz me dijo que tu padre también le ayudó en sus esfuerzos por sacarte del campo de concentración. Primero, dijo, se dirigieron al sanatorio para enfermos mentales de Veleslavín, donde según él habías pasado unos meses, y se llevaron algunos documentos de allí. Después, Zedtwitz llevó los papeles a Berlín, al bufete Keller. El abogado lo veía muy bien, todo iba como una seda. Pero entonces los Aliados bombardearon Berlín y una bomba cayó justo al lado de su casa. El bufete se quemó, y con él todas las pruebas de tu enfermedad mental. Así que lo que queda es que simules esquizofrenia.

Acaricié la mejilla de Věra. No me hacía ilusiones de salvarme, tan loca no estaba.

–¡Pase lo que pase, Jochi vive! –seguí cantando, y nadie podía quitarme esa alegría.

14

En otoño de 1943, sin embargo, me puse enferma de verdad: me dolían los riñones, tenía las piernas y los brazos hinchados y no paraba de temblar. El nuevo médico jefe, que llegó a

Ravensbrück después de los que habían hecho experimentos con las mujeres, en la primavera de 1944, me aconsejó que me operara. Debía extirparme uno de los riñones, cosa que, por supuesto, como joven ginecólogo que era, nunca había hecho. Lo consulté con Greta y decidimos que si era la única esperanza de sobrevivir, debía someterme a la operación.

El doctor Percy Treite era de las SS, como todos los demás médicos jefe, pero parecía diferente. Medio inglés, tenía algo de británico, sobre todo el sentido del humor. Y la delicadeza. Me aferré a él como mi única esperanza, sobre todo porque este Treite, con solo treinta y dos años, ya era un científico reconocido. Se decía que había estudiado también en Praga, donde había conocido a mi padre, no sé si personalmente o de oídas.

De modo que me extirpó el riñón enfermo, aunque el otro empezaba a estarlo también.

Después de la operación me encontraba bien. La doctora checa Zdenka Nedvědová-Nejedlá me hacía a menudo transfusiones de sangre y después de cada una de ellas mi salud mejoraba. Llegó un momento en que no necesité ninguna transfusión en toda una semana. A ratos trabajaba en mi libro: tomaba notas, desarrollaba el tema de las ideologías que conducen a las dictaduras y los campos de concentración, recopilaba testimonios. Y sobre todo observaba lo que ocurría a mi alrededor y tomaba apuntes en mi cuaderno. El libro ya empezaba a tomar forma, a pesar de que escribir no estaba permitido. Llevaba el cuaderno bajo la falda.

Un día, durante la ronda —eso fue en mayo de 1944—, el doctor Treite me encontró pálida. Era cierto, aquel día me sentía débil. El médico decidió hacerme otra transfusión. Después me administró una pequeña pastilla de color naranja, para animarme.

—Yo también la tomo a veces, cuando me hace mucha falta —me dijo—. Hágalo así también. Déjela en la mesilla de noche e ingiérala únicamente si es imprescindible.

Me quedé tumbada sintiendo que mis fuerzas menguaban. Necesitaba con urgencia entregar mi cuaderno a alguien, preferiblemente a Greta. Recordé que, antes de que me detuviera la Gestapo en Praga, cuando todos los judíos huían de Praga, había buscado desesperadamente a alguien a quien entregarle las cartas de Frank que guardaba, desde la primera hasta la última: ¿a Max Brod? ¿O a Willy Haas?

En la habitación no había nadie y yo necesitaba entregar mi cuaderno a alguien, ¡que se mantenga la memoria!

Perdía las fuerzas.

Me decidí. Intenté levantarme para alcanzar la taza de café que me había dejado el doctor Treite. Por fin lo conseguí. Y con el café me tomé la pequeña pastilla naranja.

Sentí que la debilidad había pasado. Miré hacia el bosque, más allá del Muro de las Lamentaciones, donde el viento jugaba con las hojas nuevas, primaverales de los árboles. Oí el canto de un mirlo. Cuando se calló, solo quedaba el murmullo del lago.

Soñé que estaba en una barca y que me trasladaba a alguna parte. Me sentía animada, llena de energía. Ya no tenía nada que decidir, simplemente existía. Me dejaba llevar por esa sensación de alivio y reposo. Entonces se me ocurrió organizar una pequeña celebración, aunque solo fuera con pan seco y agua caliente, para Greta y todos los demás seres queridos. Honza y mi padre también acudieron, y recogí flores para todos ellos en la calle, las puse en jarrones con agua y dispuse por toda la sala los jarrones en los que empezaron a crecer y a florecer unos lirios esbeltos, lilas perfumadas y rosas de color salmón. Nos hallábamos en el salón del café Central de Viena, del que habían sacado las mesas, o más bien las habían arrinconado en la pared. Asistía a una fiesta donde tomábamos champán y tentempiés, y me puse el vestido vaporoso que había comprado tras la venta de las joyas robadas, aquel día en la Kärtnerstrasse, junto a la Ópera de Viena, y bailé al son de la música de jazz en vivo con mis zapatos de tacón alto, bailé con Ernst, pero Jaromír Krejcar me recogió de sus brazos y todos los presentes formaron un círculo en torno a nosotros, vi a Hermann Broch y a Gina Kaus, que fumaban juntos con mucha elegancia, descubrí a Staša y a Jaroslava y a otras amigas de Minerva, Julius Fučík reía a mandíbula batiente mientras entregaba su bicicleta a un camarero, el príncipe rojo Schaffgotsch bailaba a nuestro alrededor blandiendo la bandera roja soviética en un mástil, y Frank se me acercó para susurrarme al oído que no me enfadara pero que él no bailaba ya que era vegetariano.

Después de un largo rato, o al menos lo que a mí me pareció un rato largo y dichoso, en el que jadeaba de felicidad tras el baile, la doctora Zdena se me acercó y me preguntó algo. No la entendí y no comprendí por qué interrumpía la fiesta.

–Baila tú también, Zdena, Kafka se ha quedado sin pareja y se desvive por el charlestón –le aconsejé.

Zdena dejó una hoja de papel en mi mesilla de noche. Cuando se fue, abandoné un rato el baile y con gran esfuerzo leí lo que allí estaba escrito; se trataba de un aburrido informe sobre mi estado. Pasé los ojos por encima, pero el mensaje parecía venir de otro mundo.

El estado de Milena mejoraba lentamente, sobre todo con la ayuda de transfusiones de sangre vivificantes, por lo que tanto Milena como yo nos sentíamos reconfortadas de que se hubiera evitado el peligro. Su estado era tan bueno que se pudo prescindir de las transfusiones durante ocho días. Y entonces sobrevino el desastre. En su ronda, al doctor Treite le pareció que Milena volvía a estar pálida y frágil (en realidad estaba orgulloso de que él, un ginecólogo, hubiera realizado con éxito la extirpación de un riñón), por lo que decidió realizar otra transfusión. Sus conocimientos, aparte de cirugía, eran escasos, así que repitió la transfusión de la misma donante. Cuando las enfermeras vinieron corriendo a por mí, comunicándome que Milena se había sometido a una transfusión (yo no tenía ni idea de la intención de Treite, ya que en aquel momento trabajaba en la consulta atendiendo a las pacientes) y que estaba temblando, acudí volando a ella, comprobé el trágico error y le administré grandes dosis de cal y efetonina por vía intravenosa. Lo repetí varias veces. En un momento dado, el shock pareció remitir, pero luego los síntomas empezaron a empeorar de nuevo.

Mientras leía, todo me resultaba indiferente. ¿Tenía algo que ver conmigo, aquel informe? Al fin y al cabo, estaba bailando en la fiesta con todos mis seres queridos, con el alegre Jaromír, con el ridículo Schaffgotsch que, de tanto agitar la bandera soviética, se había vuelto pelirrojo. Y bailé con Ernst, que mientras me tenía en sus brazos, echaba vistazos a las demás mujeres. Y con el tranquilo Frank, que era abstemio y vegetariano y tímido; me llevó bailando muy lentamente a un rincón donde me susurró: ¡Frieda, Frieda!

Y sobre todo bailé con mi elegante padre, el mejor bailarín de todos.

Honza también vino a bailar conmigo, y luego Greta. Entonces le entregué a mi padre, que iba de esmoquin, a Honza, vestida como una hermosa gitana con brazaletes que sonaban como los de una india. Abuelo y nieta bailaron juntos girando como dos peonzas, una negra, otra multicolor. Entonces me senté al piano para tocar la *Serenata* de Schubert. Mi antiguo jefe, Sigmund Freud, se sentó a mi lado para tocar la *Serenata* a cuatro manos. Al acabarla, me levanté del piano y le pedí a Freud que tocara el *Vals sentimental* de Schubert, pero no de modo sentimental sino con ánimo. Con Greta revoloteamos entre los arcos y columnas neorrenacentistas del café Central hasta que Freud también se levantó del piano, exclamando que tenía una crisis erótica.

Entonces le mostré a Greta mis manos: eran rosadas, delgadas, sin hinchazón.

–Estás sana –me dijo.

Sonreí con satisfacción. Pero me di cuenta de que me faltaban las líneas en las palmas, aquellas en las que hace tiempo una gitana me había leído la suerte.

Manos sin líneas... Mi madre me había dicho antes de que falleciera que, cuando alguien está a punto de morir, las líneas desaparecen.

Greta se iba de la fiesta con los demás, era la última. Y cuando estaba en la puerta del café, se volvió y me sonrió. Dijo algo, pero no pude entenderla. No importa, su sonrisa inundó la sala como el sol de la mañana. Y en mi mano sostenía la bolita de cristal irisado.

De nuevo me sentí a la deriva, como si estuviera en un barco de pesca río abajo.

Entonces se me acercó la joven enfermera Hana y me preguntó qué necesitaba. Me quité el vestido de tela de araña y los zapatos de tacón y lo metí todo en mi calabaza, feliz por lo bien que había ido el baile. Deseaba ver a Greta, intenté decir, pero el sonido no me salía. Me acordé de cuando estaba en el sanatorio Kierling, a las afueras de Viena, con Frank y él no podía hablar. Pero yo no tenía fuerzas para escribir como él.

La enfermera Hana me tomó la mano, como Frank había tomado la mía aquel día. Hana me abrazó de tal manera que ya no sabía quién era quién, quién era yo y quién me abrazaba...

¿Era Hana? O tal vez Honza... ¿O Frank?

O mi Greta...

Nueva York, septiembre de 2022 - Praga, octubre de 2023

Y después...

Milena murió el 17 de mayo de 1944. Permaneció varios días en un sencillo ataúd sin tapa, con flores a su cabecera. Sus amigas más íntimas de Ravensbrück acudían a despedirse de ella. Luego las autoridades arrojaron su cadáver al horno crematorio y esparcieron sus cenizas, como las de muchas otras, según el reglamento, en el lago Schwedtsee.

Después de la guerra, la amiga y primera biógrafa de Milena, **Margarete Buber-Neumann**, escribió varios libros importantes sobre sus experiencias en los campos de concentración de dos regímenes totalitarios: el más conocido de ellos es *Prisionera de Stalin y Hitler*. Testificó en el caso Kravchenko en París sobre la naturaleza del comunismo estalinista. Vivió 88 años y murió tres días antes de la caída del Muro de Berlín. El historiador Tony Judt la calificó como «una de las escritoras políticas más importantes».

El médico de Milena, **Percival Treite**, escribió al profesor Jesenský una sentida carta de colega para informarle de la muerte de su hija.

«Conozco a su hija desde hace poco tiempo, y como yo mismo realicé la primera operación, me gustaría relatarle brevemente el transcurso de la enfermedad. Después de la operación, su hija se despertó de la anestesia y me pidió que le enseñara el riñón extirpado. Así lo hice, y ella asintió satisfecha, como la hija de un médico; luego volvió a dormirse. Desgraciadamente, al cabo de unos meses descubrimos que el otro riñón también estaba afectado y que, por lo tanto, no se podía ayudar a su hija.»

El doctor Percival Treite fue condenado a muerte en el Juicio de Nuremberg, aunque varias mujeres de Ravensbrück testificaron a su favor; afirmaron que era «diferente, humano». Se quitó la vida antes de poder ser ejecutado: en su anillo llevaba oculto un veneno.

El profesor Jesenský, padre de Milena, se derrumbó ante la noticia de la muerte de su hija, quiso suicidarse y nunca se recuperó del golpe. Tras la muerte de Milena, no se dirigía a su nieta Honza de otra forma que no fuera "Milča"; así llamaba a Milena. Sólo vivió tres años más que ella.

Jaromír Krejcar, el segundo marido de Milena, uno de los principales representantes europeos de la vanguardia arquitectónica funcionalista, durante la guerra vivió y trabajó en Inglaterra. En 1946-1948, fue profesor de diseño arquitectónico en la Universidad Politécnica de Brno. En 1948, tras el golpe de estado comunista en Checoslovaquia, emigró de nuevo con su esposa Riva a Inglaterra, donde fue profesor en la prestigiosa Architectural Association (AA). Murió en Londres en 1950.

Cuando la hija de Krejcar y Milena, **Honza,** o Jana Krejcarová, de casada Černá, acudió al amigo de la familia, **Lumír Čivrný,** con la noticia de la muerte de su madre, éste la llevó a dar un largo paseo por la ciudad. Era una forma de conmemorar a Milena, tan vinculada a Praga.

Liberado de la cárcel por la Gestapo en enero de 1940, Čivrný continuó su actividad en la resistencia antinazi hasta el final de la guerra. A partir de entonces trabajó como gestor cultural, traductor y escritor, al igual que Honza, que se convirtió en escritora. En la Checoslovaquia comunista publicaba en la editorial *samizdat* Půlnoc (Medianoche), que fundó con su pareja, el escritor Egon Bondy. Entre otros libros, escribió la biografía *Destinataria: Milena Jesenská*. Murió en 1981 a los 52 años en un accidente de coche.

Fue a **Willy Haas**, ensayista y colaborador del periódico *Die Welt* a quien Milena había entregado la correspondencia de Franz Kafka para mantenerla a salvo durante la guerra. Haas la editó, escribió un prólogo, y llevó *Cartas a Milena* a la editorial Schocken Books de Nueva York, donde la correspondencia se publicó en el original alemán en 1958. Haas, buen amigo de Kafka, suprimió algunos pasajes de la correspondencia por considerar que podían dañar la imagen de varias personas que aún vivían. En una nueva edición alemana de 1986, los pasajes suprimidos volvieron a insertarse en el libro.

En 1938 **Ernst Polak** recibió una invitación del PEN Club de Londres para quedarse cuatro semanas en la ciudad; tras la ocupación de los Sudetes y la anexión de Chequia a Alemania entró en la categoría de refugiado. Durante su estancia en Oxford conoció a Delphine Reynolds, una reputada amazona y piloto de avión y se casó con ella en 1944. Polak falleció tres años después de la boda.

Tras el estallido de la Segunda Guerra Mundial, en septiembre de 1939, **Gina Kaus**, amiga vienesa de Milena, emigró a Estados Unidos y se instaló en Hollywood. Allí escribió docenas de guiones y además se convirtió en una exitosa escritora de ficción y biografías. Murió en 1985 a los 92 años.

Franz Werfel y su esposa, Alma Mahler, viuda del compositor Gustav Mahler, emigraron a Francia en 1938 y de allí a Estados Unidos. Werfel murió en 1945 en Los Ángeles como escritor de renombre.

Joachim von Zedtwitz, el **Jochi** de Milena, trabajó en la Resistencia durante toda la guerra, salvo quince meses cuando estuvo recluido en un psiquiátrico, tras ser detenido por la Gestapo, por simular un desorden mental. Después de la guerra se instaló en Suiza, donde trabajó como médico y se dedicó a la pintura y a la composición musical hasta su muerte en 2001. En 1994 recibió de la organización israelí Yad Vashem el premio Justos entre las Naciones, galardón que, a instancias de Jochi, también se concedió póstumamente a Milena.

El periodista vienés **Walter Tschuppik**, uno de aquellos a los que Milena ayudó a escapar para ponerse a salvo, le escribió a Zedtwitz tras la muerte de Milena: «Y dile a su hija lo que en realidad no se puede expresar con palabras: que Milena Jesenská permanece en mi memoria como la persona más bondadosa y grandiosa que he conocido. Su abnegación, valentía, determinación y audacia, ¡oh, qué precio tuvo que pagar por ser una persona extraordinaria! No puedo ni siquiera empezar a expresarlo. Cuando recibí la noticia de su muerte, sentí vergüenza de haber salvado mi pobre vida y que ella, valiosísima, tuviera que morir.»

Índice